# 世界一不幸な男が、世界一幸せな男になるまでの物語

つながろう、ワンファミリー！
みんながひとつになる世界へ

古市佳央

VOICE

Yoshio Furuichi
Memories

B B

「キラキラ女性講演会」決勝大会にて（2023年）

第７回の「サムライ講演会」の決勝大会の様子（2023年）

第７回の「サムライ講演会」の決勝大会の様子（2023年）

中学校での講演会

# はじめに

こんにちは！
「世界一幸せな歌う講演家」こと古市佳央《よしお》です。
読者の皆さんの中には、「はじめまして」の方もいるかもしれませんね。
そんな方々へは、はじめまして！
まずは、本書を手にとっていただき、ありがとうございます！

早速ですが、質問です。
もし、皆さんが時間を巻き戻せるタイムマシーンを1回だけ使えるとして、
過去の自分に会えるとしたら、人生のどのタイミングに戻りたいですか？
そして、その時の自分にどのように声をかけますか？

私だったら、迷わずに1988年の4月2日に戻るでしょう。

なぜなら、その日こそが、私の運命を変えた日だからです。

その日、私は交通事故を起こして火だるまになり大やけどをしました。

事故に遭ったその日から、私は4月2日という日を恨み、自分の運命を呪ってきたことで、もし、その日に戻れたら事故を回避させてあげたいと思って生きてきました。

けれども今、その後、多くの出会いを重ねて生きてきた私は、もし、あの日の自分に戻ったら、こう声をかけるでしょう。

「お前は大丈夫、そのまま進め!」

「何があっても、必ず幸せになれるからな!」、と。


本書は私にとって『這い上がり　ある「顔」の喪失と再生の半生記』(ワニブックス刊)、『君の力になりたい』(北水刊)に続く3冊目の書籍になります。

2冊目を出版して以降、約20年以上の月日が経っているので、今回、久しぶりに筆を執ることになり、改めて、初めて出版する書籍のような気持ちで本書に向き合うことになりました。

「幸せになりたいけど、幸せになれないのはなぜ？」

「人生には想像を超えた未来が待っているはず。では、その未来はどうしたら手に入る？」

「誰もが生きやすい社会にするためにはどうすればいい？」

今回は、そんなことについて迷い、悩む人たちのために本を書いてみたくなりました。

事故の後、絶望の底から這《は》い上がった私は、2000年から自らの体験と生き方を語る講演活動をスタートしました。

日本全国で講演活動や歌のライブを行うようになり「全国・講師オーディション2013」でグランプリを受賞して〝日本一の講師〟となってからは、

今度は、人々にスピーチの素晴らしさを伝えるためにスピーチコンテストも主催するようになりました。
２０２４年現在、これまでに行った講演回数は１４５０回を超え、計12万人を超える皆さんに私なりに生きるための勇気と希望のメッセージを伝えてきたことになります。

この本には、そんな私が生きてきた中で感じている幸せになるためのヒントや人と人との絆《きずな》の大切さについて、そして、絆が人々と世界をつなぐ〝ワンファミリー〟を創造していくことについて述べています。
また、そのためにもすべての人たちが共存できる、〝やさしい社会〟を作っていく必要があることについても言及しています
そして、冒頭では、そのような考え方に及ぶに至った私の半生について、改めて振り返らせていただきました。

デジタル社会になり、ＡＩが人間の代わりをするようになった今の時代だ

からこそ、人と人が直接つながることの意義や大切さはより求められるようになってきています。

けれども、つながり方がわからない、という人が増えているだけでなく、悩みや苦しみを抱えている人は弱音を吐けず、SOSを出せないまま社会の中で取り残されています。

私はワンファミリーを実現するにも、そんな人たちとも1人残らずつながっていきたいのです。

本書には、そのためのヒントを詰め込んだので、この本を読み進める中で、あなたにとって、何か1つでも心にピン！とくるものがあれば幸いです。

さあ、読者のあなたも、もう、ワンファミリーの1人です！

それでは、また、最後にあなたとお会いしましょう！

古市佳央

# 目次

## 第2章　人生に影響を与えてくれた大切な人たち

## 第3章 ワンファミリーでひとつになろう

## 第4章 あなただけの物語は誰かの希望になる

# 第1章

# これまでの道のり

## 古市佳央2・0を生きている今

今、私が29歳の時に上梓《じょうし》した初めての著書、『這い上がり　ある「顔」の喪失と再生の半生記』（ワニブックス刊）を読み返すと、「こんなことがあったんだ……」と、その詳細に関しては自分でも驚くことも多々あり、改めて自分でも当時の記憶を辿《たど》るようなこともあったりします。

同時に、よくあんな地獄のような日々を耐えられたな、と自分で自分をほめてあげたい気持ちにもなります。

また、書籍の中では事故に遭った当時の16歳の時点から数年間の記録をドキュメント形式で綴《つづ》っていますが、若さゆえに家族や看護師さんなどに生意気な発言などをしている姿の自分を見て、「こんないい方をしていたんだ！」と思わず反省するようなこともあったりします。

こんなふうに、私自身の物語であることはわかっていながらも、すでに遠い過去の出来事であることから、当時の自分がすでにちょっと別人のような、そんな客観的な視点になってしまうのは否めません。

16歳の事故の時点から、すでに36年という月日が経ち、それ以降は生まれ変わって再生した〝古市佳央2・0〟としての人生を生きているわけであり、心も身体もまったく新しい人間になっているからです。

本の中で息づいている主人公の古市佳央が、今の自分から見ると必死で頑張っている愛しい弟か息子のような視点になってしまうこともあります。

今回、処女作である『這い上がり』、そして『這い上がり』を子どもさんにも読んでいただけるようにとイラストなどを加えて制作した2冊目の書籍、『君の力になりたい』（北水刊）は、すでに入手できなくなっているために、本書の第1章については、再び私の記憶に加えて前著2冊の内容をもとに、事故前から事故後の期間についての記録を改めてご紹介させていただきます。

なぜなら、絶望しかなかった日々を生きていた私でも、「ここまで来ることができるんだよ!」「こんなに生まれ変われるんだよ!」ということをお伝えできるからです。

## 青春を謳歌して最高だった人生

振り返ってみれば、16歳で事故に遭う日までの人生は、自分の中では本当に最高だったように思います。

中学2年生頃からは、ちょっと不良な仲間たちとつるんではいたけれど、まさに青春そのものの日々を生きていたからです。

仲間たちと思い切り遊び、タバコを吸ったり、お酒を飲んだり、女の子と付き合ったりして、時には悪さもして学校に呼び出され、両親を困らせたこともあったけれど、思うがままの人生で、世界は自分を中心に回っているというような日々でした。

特に、高校になると学校が休みの時期にはバイトでお金も稼いでいて、もはや、16歳ながらやることをすべてやりきっていた、と言えるほど充実した日々を過ごしていました。

こうして、まだ10代半ばではあったものの、自立心も強かったことから、「どうして、高校へ通わなければいけないんだろう?」とも思っていて、とにかくその頃は、「1日もはやく大人になりたい!」という思いでいっぱいでした。

## いつもナンバーワンでいたい！

そんな早熟気味だった私の生い立ちを、簡単にここで振り返っておきたいと思います。

埼玉県で溶接工の自営業だった職人の父と看護師の母のもと、4人兄弟で姉2人、兄1人というういわゆる普通の一般的な家族の中で末っ子として生まれた私は、とりわけ祖母に可愛がられて育ちました。

性格的には小さい頃から目立ちたがり屋で、人を笑わせることが大好きなひょうきん者。

でも、どこか正義感が強くて、小さい頃は大人になったら警察官になるのが夢でした。

他には、少年野球にも通っていたので、プロ野球選手や会社の社長にもなりたいと思っていたこともありました。会社の社長になりたかった理由は、どこか「人に使われるのはいやだ」という気持ちがあったからだと思います。

そんな私は、小学校から中学1年生くらいまでは、成績も常にトップクラス。4人兄弟の中では一番成績もよかったからか、小さい頃は両親もかなり私の将来に期待をかけていたようです。

勉強に関しては、性格的に負けず嫌いだったのが功を奏して、自分より成績がいい生徒がいると悔しくて一生懸命勉強するタイプでした。

要するに、テストで100点が取れないと悔しくてたまらないという思いが、良い成績を取るモチベーションになっていたのです。

この負けず嫌いの性格は運動に関しても同じで、やはり一番でないと気が済みませんでした。

だから、クラスの中では走るのも一番でした。

学校で行うスポーツテストでは上位の名前が貼りだされるようになっていたことから、上位リストの一位に自分の名前がないと本当に悔しかったので、スポーツ面でも必死で頑張る私は、まさに文武両道という感じでした。

また、学級委員なども率先してやる方でしたが、真面目一辺倒なキャラクターではなく、ひょうきんでガキ大将だったことから、常にクラスの人気者でした。

当然ながら、女の子にもよくモテてました。小学校時代からすでにバレンタインデーにはチョコレートを最低10個以上はもらっており、チョコレートの数に関してもクラスの男子の中でナンバーワンじゃないと気が済まなかったのです。

そんな怖いものなしだった子ども時代でしたが、父親がある人の保証人になったことで借金を作ってしまい、我が家に借金取りが来ることもあり、怖くて嫌な思いをしたこともありました。

そして、母親がその借金を返済するために夜も働くようになり、小学生の自分は寂しい思いをしたこともあったのです。

## 今度は〝ワル〟の世界でナンバーワンを目指す

さて、そんな負けず嫌いで、勉強もスポーツも挑戦すれば努力しなくても簡単にモノにできていた私が、少しずつ中学2年生くらいから、道を外していきました。

学校でも不良の男子たちと一緒につるむようになり、今度は、〝ワル〟の世界でナンバーワンを目指すようになったのです。

自分の中で、「不良＝カッコいい＝大人」という方程式がすっかりできあがっていて、ピカピカの革靴に学ランの制服なども改造して、格好や髪型に命を懸けるようになりました。何しろ、朝は髪型がピシッとキマるまで登校せずに鏡の前で奮闘していたので、よく学校には遅刻したものでした。

その頃から勉強もしなくなり、高校受験の時期が来ても学校へ行く気すらなかった私は、勉強せずに入れる学校へ入学することになりました。

すると、高校1年生になった途端、すでに入学式で目立っていた私に悪そうな生徒が早速声をかけてきました。

そこからは、学校で喫煙をはじめ、いろいろな問題を起こして無期停学になったこともありました。

放課後は夜になると街中でよく喧嘩《けんか》をしたり、シンナーやマリファナにも手を出したり、夜の街に爆音を響かせてバイクで仲間たちと走ったりなどして、警察のお世話になったこともありました。

当時は、怖いもの知らずの自信に満ちた日々でした。

けれども、「もう、高校をやめたっていいや！」と思っていた高1の2学期に、伯父から、「お前は、何1つやり遂げられないのか？」と言われたことで負けず嫌いな自分は「わかったよ！　やってやるよ！」と発奮し、そこから3学期は学校での補修に明け暮れ、なんとか2年生に進級が決まりました。

しかし、進級できるとわかった私はすっかり安心して、春休みには昼間は防水屋のバイトに精を出しながら、夜には再びいつも夜の街へと繰り出す、という日々を続けていたのです。

そう、あの事故の日、4月2日までは。

## 運命を変えた日——1988年4月2日

1988年4月2日、ちょうど高校2年生になる新学期直前のある日、それは起きました。

友人に借りたバイクに乗って、シートの後ろには友人と後輩を乗せた3人乗りの状態で、ヘルメットもなしでスピードを上げて時速80キロで走っていました。

なんて無謀な、と今なら思いますが、当時の私にとってはこんなことも当たり前だったのです。

バイクを走らせていると、途中で事故が多く「魔の道路」と呼ばれている危険な道にちょうど差し掛かった頃、少し小雨が降ってきました。

スピードを出していた私は、前でのろのろ運転をしていた3台の車にいらいらしてきて「邪魔だな……」と思い、追い越すことにしました。

すると、スムーズに2台追い抜いたところで、それは起きたのです。交差点で右折しようとしていた一番前の車と激突してしまい、その瞬間、私はバイクと一緒に交差点の角に建っていた材木屋に突っ込んでいったのです。

## あたり一面が黄色の世界

よく事故などの瞬間、すべてがスローモーションになる、などといわれますが、私の場合は、車とぶつかった瞬間以降の記憶は、フィルムのコマ送りのように断片的に憶《おぼ》えているだけです。

一瞬気を失っていた私が気づくと、あたりはもう一面が黄色の世界でした。あろうことか、バイクのガソリンに火がつき私は炎の中にいたのです。「熱い！」と思うや否や必死にもがいているうちに、再び、意識は遠のいていきました。

その時、事故現場を見ていた人の話では、「誰か助けてくれ、助けてくんねーのかよ！」と叫びながら私は必死で炎を手で払おうとしていたようです。そして、そのせいで、特に手に大きなやけどによる損傷を負ってしまうことになりました。

力尽きて倒れ込んでいた私に、誰かが私の身体の上に水をかけてくれているようでした。

ピチャピチャという音で意識が一旦戻った際には、熱さや痛さを感じるというよりも、「どうなってしまうんだろう？」という不安の方が大きく、「とんでもないことになってしまった！」ということだけは理解しつつ、怖さから目を開けることができずに、また意識が遠のいていくのでした。

次に、意識が戻ったのは救急車の中でした。

胸をポンポンと叩《たた》かれて、「わかる？　大丈夫？　今から病院へ行くからね！」という救急隊員の声を聞きながら、目を開けるのが怖くて、目を瞑《つむ》ったまま必死に声を出そうとしながら、なんとか自分の名前と住所を伝えました。

この時、なぜだか、よく雪山で遭難をした人たちが眠りそうになると「眠ったらだめだ！　死んでしまう！」と必死で意識を保とうとするというエピソードが頭をよぎり、自分も眠ってしまったら死んでしまうのではないかと、そのまま懸命に話をし続けていました。

すると、救急隊員から「もう、しゃべらなくていいからね！」と言われたことで、安心したのかそこからまた意識は遠のいていきました。

## 生死をさまよった数日間

救急車は、近くの救急病院ではそのやけどのひどさから断られてしまいましたが、最終的に日本医科大学付属病院の救命救急センターが受け入れてくれました。

到着するやいなや、ストレッチャーに乗せられてどこかへ運ばれると、「バリッ！　バリッ！」という音が聞こえてきました。

それは、私が着ている焦げた洋服を切ってはがされている音でしたが、なんだか焦げたせんべいを割るような音にも聞こえてきて気持ちが悪いなと思っていたところ、「目を開けて！」という声がしました。

そこで初めて、炎に包まれて以来、怖くて目が開けられなかった私が目を開けたのです。

するると、周囲からまぶしすぎるライトが目に飛び込んできました。

そこには、よくテレビなどで見る手術室のライトに照らされた私の周囲に、青い医療服のユニフォームを着た6、7人の医師や看護師さんたちが私を取り囲んでいました。

「今から、消毒のお風呂に入りますからね！」

そういわれるやいなや、ストレッチャーごと持ち上げられて、消毒液が入ったバスタブに身体を浸けられたのです。

「い、痛い、痛い、痛い〜‼」

全身の傷に消毒液が染み渡る痛さは、これまで味わったことのないほど強烈な痛みであり、あまりの痛さにここで再び気絶するように意識を失ってしまったのです。

そこから集中治療室で数日間、生死の間をさまようことになりました。

意識のない間、39度の熱が出て肺炎を起こしかけていたそうで、あわてて病院に駆けつけた家族に担当医は生還できる確率は五分五分だと告げていたそうです。

それを聞くと姉は泣き叫び、母親は足の力が抜けて立っていられない状態だったとのことで、「ただ命だけは助かってほしい!」と祈り、母もそこからは生きた心地がしなかったそうです。

## 全身の41パーセントにやけどを負う

通常、やけどはⅠ度、Ⅱ度、Ⅲ度という3段階のレベルで皮膚の表面からの熱傷深度でその重症度を表します。

皮膚の表面だけをやけどするⅠ度なら、全身の80%のやけどでも助かるといわれていますが、私の場合は全身の41パーセントにやけどを負い、なおかつ、皮膚の自然治癒が難しく、移植手術が必要になるⅢ度のやけどの個所がありました。

全身の30パーセントに深いやけどを負うと死亡率が上がるらしく、41パーセントの私は、まさに生死をさまようぎりぎりの状態だったのです。

家族も最初、私の身体は足首から下を除いて包帯で全身をぐるぐる巻きにされていたので、私だと認識できなかったらしく、焼けた服に残っていた名前入りのバイトの給料袋で私だとわかったそうです。

その後、私は覚えていないものの、ようやく3日目に一瞬、意識が戻ったようで、少しだけ手を動かしたとのこと。

この頃は、とにかく朦朧《もうろう》としながらこんこんと眠り続け、意識が戻ることもなく、その間に初めての皮膚移植手術が行われていました。

まず、焼けただれた皮膚をすべて削《そ》ぎ落とし、その上に、やけどをしていないお尻や背中から採取した皮膚を植皮するのですが、この時、削ぎ落とした皮膚は1430グラムにも及んだのです。

全身の41パーセントのやけどの皮膚のうち、25パーセント分の植皮を行ったのですが、植皮をするためには傷口よりも大きい面積が必要なために、健康な部分の皮膚が大幅にはぎ取られていたので、もはや、全身傷だらけ、という状態になったのです。

この最初の手術後に担当医は、両親に「顔はダメで、おそらく手もだめでしょう」と伝えていたとのことです。

## 地獄の日々がはじまる

ようやく意識がはっきりと戻ったのは、事故から5日後。

でも、目を開けようとしても光が入ってこないし、身体もまったく動きません。

顔はもちろん、全身包帯で巻かれている上に、左手首と骨盤は骨折、炎の熱で気管が損傷していて声もほとんど出ない状態でした。

尿管には管が差し込まれ、腕には点滴をされている上、身体中が熱を持っていて、パンパンに腫《は》れていて、家族が私の横たわっている姿を見た時には「どこの大男?」というくらい全身が膨れていたとのことです。

そして、ここから地獄の日々がはじまったのです。

最初の地獄は、植皮をした部分と植皮のために皮膚を採った部分、そして植皮がまだできない部分に貼られているガーゼ交換の時。

傷口からは浸出液がじゅくじゅくと沁み出てガーゼとくっついてしまうので、そのガーゼを剥がして消毒し、新しいガーゼを貼り換えるという作業が耐えられないほど痛いのです。

それはまるで、金属製のたわしで全身の傷口を引っかかれているほどの痛みで、生き地獄そのもの。

そこで、看護師さんの提案で、当時大好きだったレベッカの曲をかけてもらって、少しでも気を紛らわせようとしたものです。

その頃から1日1回だけ氷のかけらを食べてもいいという許可が出て、初めて、口の中に氷を入れてもらったのですが、その時、「世の中には、こんなにおいしいものがあったのか！」と感動したものです。

その翌日はジュースを飲むことを許されて、今度は普通のジュースのあまりのおいしさに感動することになりました。

その後は、流動食へと少しずつ食事の内容もステップアップしていくのですが、やはり、看護師さんに口に入れてもらうことでしか食事はできない状態が続きます。

## 命は保証された！

事故後12日目になると、初めて目元のガーゼを切ってもらいました。おそるおそる目を開けると、しばらくぶりにまぶしい光が目の中に入ってきました。

それは、「自分は生きているんだ！」ということを実感した瞬間でもあったのです。

しかし、それと同時に、不安も湧き上がってきました。というのも、連日のように担当医の先生に「僕の命は大丈夫なの？」と聞くと、「頑張ろうね！」

などという焦点をずらした返事ばかりで、はっきりとした答えをもらえていなかったからです。

でも、ついに事故から2週間が経った日、初めて先生からはっきりと言ってもらえたのです。

「命の保証はできたよ！　古市君」と。

「よかった！」とうれしくなり、その日は「早く退院して、友達と遊びたいな！」と、自分の手と顔がどんなになっているかも知らず、ただ私は浮かれるばかりでした。

## ここは死を待つ人の部屋？

こうして命の保証ができたことで、救命救急センターから、治療に専念する

ために一般病棟に移ることになりました。

救命救急センターの先生や看護師は、やはり、命を救う場所にいるからかとてもやさしい対応をしてくれるのですが、一般病棟は治療を完了して退院をすることを目標とする場所であることから、「これから移るところは厳しいから頑張ってね！」と看護師さんに言われて、気が引き締まる思いがしました。

確かに、移動した病棟は重症患者ばかりいる4人部屋で、先生や看護師さんたちの態度もなんとなく事務的で冷たい感じがします。

それ以上に、移った1週間後に同じ部屋の男性が亡くなり、数日後にまた1人亡くなってしまい、生まれて初めて人の死というものに直面したことでショックを受けたのです。

「次は自分の番なのかな？　もしかして、ここは死を待つ人たちの部屋？」

とてつもない恐怖が襲ってくると同時に、前日まで普通に生きていた人たちが翌日には突然、亡くなってしまう、という急な展開に遺族の人たちの悲しみも伝わってきてこちらは動揺するばかりです。

自分も一度寝てしまったら、もう目を開けられないのでは、と思うと心配で寝るのも怖くなってしまいました。

## 初めての涙と頭をよぎる自殺

その頃から、ガーゼ交換時にだんだん自分の傷がどれだけひどいのか、ということが自分でも認識できるようになったことから、急激に気持ちが落ち込んだのです。

たとえば、手のガーゼ交換の時には、自分の手の形が変形しているのに加え、その色もいわゆる肌色ではなく、ピンクや黄色、白、赤、黒といろいろな色が混じっていてむきだしになった手の組織が目に入ってきます。指も外側に反り返り、指が溶けてなくなっているところや、蛇のうろこのようになっているところもあります。

ホラー映画に出てくる怪物のような手に唖然としてしまい、「これが自分の手？　うそだよね？」と信じることができず、「早く治して退院しよう！」などと思っていた甘い考えがここで一気に吹き飛んだのです。

「とんでもないことになってしまった……」

この日、事故を起こして以来初めて、恐ろしくなって涙を流しました。

また、今後いくら時間をかけて治療をしても、この手はもう完全には元には戻らない、ということがわかった時には、初めて看護師さんの前で大泣きして布団に潜り込んでしまいました。

包帯を巻かれたまだ見ぬ自分の顔のことが頭によぎると、「では、顔はどうなっているのだろう？」と思うと、想像するのも怖くて凍りつくばかりです。

そこからは、「もう生きていてもしょうがない」と思うようになりました。「どうして助かったんだろう」とさえ思い、「死のう！」と生まれて初めて自殺することを考えました。

そこからは、しばらく「どうやって死のうか？」と考えを巡らせていたのですが、首を吊《つ》ろうにも、窓から飛び降りようにも、何しろ自分ではまったく動くこともできない私は、死ぬことさえもできないのです。

この頃は、毎日、お見舞いにきてくれる母親にも「こんな身体なら、もう死んだ方がましだよ！」と当たりちらして母を困らせていました。

## つらいリハビリと治療を乗り越える

また、リハビリにも苦しんでいました。

指の関節が固まらないように、指の関節を曲げようとするリハビリがはじまったのですが、看護師さんがまだ治ってもいない指を力任せで曲げようとするので、あまりの痛さに叫び声をあげるしかありません。

結果的に、指以外の手首、ひじの関節などは動くようになったものの、指の関節は動くことはありませんでした。

他にも、定期的に行う手術のために全身麻酔を行う際も、やけどのために上を向けない体勢の私に人工呼吸用の管を口から器官に挿管することは難しく、まだ大きく開けられない口をこじあけられて、何度も管を差し込まれ、喉を突かれるのが苦痛でたまりません。

この管も誤って食道に入ることもあり、それでも無理なら、今度は鼻から管を通してファイバースコープで覗《のぞ》きながら気管を探すことも。そんなことを手術のたびに1時間以上も繰り返されることもあり、私はこれを「挿管地獄」と呼んでいました。

点滴1つをするのも大変です。腕のやけどの痕のために血管を探せないので、足の血管を使うことが多かったのですが、同時に両方の足にぐさっと刺されたり、また、ももの付け根の鼠径《そけい》部から管を差し込まれたりなど、地獄はどこまでも続くのでした。

また、傷が少しずつ乾いてくると、今度はかゆみとの闘いです。

せっかく皮膚に薄皮ができたのに、寝ている間に掻《か》いてしまって朝起きると血だらけになっていることもありました。

口のまわりや手の手術では、植皮した皮膚を動かないように固定するためにワイヤーが使われることもあり、何かの拍子に骨に埋められたワイヤーが目に入ったりするだけではなく、皮膚移植の際に皮膚を止めるために使われるホッチキスの針が身体中に見えるような光景は、普通の人なら卒倒したかもしれません。

そして、そのホッチキスの針を後で取ってはずす作業もまた激痛だったというのは、言うまでもありません。

## 世界で一番不幸な自分

ほぼ寝たきりだった状態から、段階的に、まずは身体を座る体勢まで起こしてベッドの脇に座ってみる練習、次に足を降ろして床の上で少しずつ歩いてみる練習などもはじまりました。

すると、最初は足の感覚がまったくなかったものの、まだ自力では立てない
とはいえ、少しずつ足の感覚が戻ってきました。

こうして少しずつ進歩が見える中、やけどでかさぶたになっていた耳の痛みがひどくなると、だんだん耳が溶けてきて腐り、形がなくなってしまったことも大きなショックでした。

耳に関しては、その後、左右合わせて5回以上も再建手術をすることになります。

この頃は、世の中で一番不幸なのは自分だと信じ切っていました。

「どうして、自分がこんな目に遭わなければならないんだ？　何かのバチが当たったのか？」と生きる希望はすっかり失い、事故を起こす前の自分にはもう戻れないことがわかると、「もう終わった……」と自暴自棄になるだけでした。

## 同じ痛みがわかる仲間との出会い

さて、事故から2か月が過ぎると、重症患者が集まる4人部屋から8人部屋へと移ることになりました。

最初は「こんな姿を他人に見せたくない！」と不安だったものの、実は、8人部屋に移るとちょっと心が軽くなったのです。

なぜなら、重症のやけど患者が2名もいたからです。

1名は第2章でも詳しくご紹介している高圧電線で全身やけどを負った5歳年上の佐藤君、そして火事で全身にやけどを負った10歳年上の国場さんでした。

当時は、まだ自分の顔の状態も確認していない時期だったので、彼らのことを知ると、自分よりひどいやけどの人たちがいると思い込み「自分だけじゃなかったんだ！」と安心したのです。

面白いことに、他の2人も私の姿を見ると同じように「自分よりひどいやけどの患者がいる」となんだかちょっと安心したそうです。

そして、当初はいやだった8人部屋でも少しずつ病室の皆とおしゃべりができるようになると、少しずつ気も紛れて明るさを取り戻しはじめたのです。

## 鏡の前にいた別人の顔

ただし、そこから1つ大きなハードルを越える時期がやってきました。

それは、自分の顔を確認するということ。

実は、母親には少し前から「鏡を持ってきて！」と何度か伝えているのに、

「ごめんね。今日は鏡を持ってくるのを忘れたわ！」と毎回上手くかわされていたのです。

けれども、この頃になると、なんとか自力で車椅子に乗ることができていたので、勇気を出してトイレの鏡で顔を見ることにしました。

いざ、トイレへ行き鏡に顔を映すと、そこには恐ろしい現実がありました。顔は焼けただれ、見るも無惨な状態になっていて怖くなって目を背けました。明らかに昔の自分の面影はありませんでした。

その日からしばらく、自分の顔を見ることができませんでした。

そして、あまりのショックに逆に平静を装ってしまい、看護師さんに「今日、鏡で顔を見たよ。目も口もすごいね。元に戻るのかな？」などと話してしまいました。

そんな私の様子を見て看護師さんは、「古市君は鏡で顔を見たけれど、そこまで落ち込んでいない様子だった」と看護日誌に書いていたそうです。

本当は看護師さんにすがりついて大泣きしたいくらい悲しいのに、こんな時でさえ、わざと強がってしまうのです。

ただし、日が経つにつれ、8人部屋で自分より数か月前にやけどをした〝先輩たち〟の治療のプロセスを見たり、彼らの話を聞いたりしていると、自分の身体ももう元には戻らないことが次第にわかってきて、そこからは怒りや諦めではなく、先生たちを信じてできることをできるだけやってみよう、と腹がすわったのです。

手術は3週間に1回のペースで行われ、私と佐藤君、国場さんが常に交代で手術をするような感じだったので、「つらいのは自分1人だけじゃない。2人も頑張っているんだ！」と思うと、手術や治療も乗り越えられるようになっていったのです。

## 病院の方がマイホームになる

事故から8か月、ついに年末年始に初めて、自宅に数日間の外泊が許されました。

車椅子で病院から外に出るまでが一苦労でしたが、また、そこから車に乗って自宅へ戻る途中の道中も、あまりにひさびさの外の景色が新鮮で驚きました。

さらには、車は普通の速度で走っているのに、とてもスピードが出ているように感じるのです。

もはや、突然、地球に連れてこられた宇宙人のようです。

自宅に帰っても、なんとなく居心地が悪く、「ただいま」というよりも「おじゃまします」という感覚です。

家族や祖父母が全員集まってくれて温かく出迎えてくれるけれど、ありがたい気持ちと同時に、自分のせいでこんなふうになってしまったことに、改めて皆に「申し訳ない」という気持ちも湧き上がってきました。

私が入院する前から飼っていた犬のコロちゃんは、玄関に入るなり私に飛びついてきました。「コロ、俺のことがわかるの？」と、思わず声を上げてしまいました。コロちゃんは、変わり果てた姿の私の帰りを祝福してくれているようで、とてもうれしかったのを覚えています。

さて、自宅では、一度どこかに座るともう自分だけでは立ち上がれないし、部屋のふすまさえも重くて開けられません。

この時、何かあればすぐに看護師さんが来てくれる病院の方が、自分にとっては居心地のいいマイホームになってしまっていることに気づいたのでした。

そして、数日間の外泊が終わると、病院へ「ただいま！」と戻っていったのです。

## 内面を見てくれる人との出会い

その後、ようやくついに1人で歩けるようになったのは、事故から約10か月以上が経った頃。

最初の入院から1年8か月後に退院して自宅に戻り、そこからは、入退院を繰り返しながら、23歳まで合計33回の手術を行うことになります。

今、思うと本当によく耐えたな、と思うのですが、正直に言うと耐えるしかなかった、というのが本音です。

本気で死ぬことまで考えた時期もありましたが、死ななかったのは、身体が自由に動かせず死ぬことさえできなかったということと、毎日のようにお見舞いにきてくれる家族を悲しませたくなかったから、ということに尽きるのです。

また、生きる希望を与えてくれたのは、3回目の入院で出会った女性の患者、Hさんとの恋愛でした。

3回目の入院ともなると、すでに1日に何度も病院の喫煙所に行ってタバコを吸うなどして、快適な病院生活を送っていました。

ちょうどその頃、喫煙所で頭の腫瘍を取る手術のために入院していた女性、Hさんと出会ったのです。

最初は、Hさんの恋の悩みの聞き役だった私だったのですが、しばらくすると、なんと、彼女から告白されてしまったのです。

そこで、私は自分のことをすべて知ってもらおうと、昔の写真を彼女に見せたところ、予想もしなかった言葉が返ってきたのです。

「何これ？　この時の佳央さんに出会っていたら、好きになっていなかったよ。だって、この頃の目は死んでいるじゃない？　今の佳央さんの目は透き通ってキラキラしているよ！」

「え⁉」

私は、彼女はイケメン時代の私の写真に「昔はカッコよかったのね！」などというコメントを期待していたのですが、今の私が好きだと言ってくれるのです。

驚きのあまり言葉を失いましたが、事故の後、こんなにも感動したのは初めてだったのです。

「こんな考え方をする人もいるんだ。外見より中身を見てくれる人もいるんだ！」

そう思うと、彼女のことを恋愛の対象と言うよりも、人間としても尊敬するようにもなりました。

その後、私たちは退院後に交際をするようになったのですが、結局、まだ若かった2人ということもあり、いつしか、すれ違いから別れを迎えてしまいました。

それでも、Hさんとの出会いは自分の中で1人の人間、そして、1人の男としての大きな自信となり、女性と恋愛をするのは難しいのではないか、と思っていた大きな壁をここで1つ超えられたのです。

## 中古車販売業で社長になる

その後、入退院を繰り返しながら、退院時にはさまざまなことに挑戦していましたが、友人から「古物商の取り扱いの資格を取れば?」と勧められ、資格取得できるものは何でも取っておいた方がいいだろう、と申請をすることにしました。

取り扱う品目は、車と電化製品、書籍などを選び、最初は小さいモノから個人売買を行い、少しずつ利益を上げていきながら車の売買もはじめ、中古車のオークションにも参入するようになりました。

やがて規模も少しずつ大きくなると人を雇うまでになり、また、数年間のキャリアがついたことで信用もついてきて、兄と協力して店舗を持つまでになったのです。

この時期になると、長い間繰り返していた入院生活も忙しさから入院する時間もとれなくなり、また、日常生活にもほとんど支障がなくなったので長い病院生活にピリオドを打つことになりました。

このようにして、私の社会復帰は紆余《うよ》曲折を経ながらも、まずは、中古車販売業で社長という立場である程度の成功をおさめ、車関係の仕事は２０１３年くらいまで続けることとなりました。

## 借金を抱えダークサイドに堕ちた時代

そんな私にも、一時期、闇の時代が30歳前後で訪れたことがあります。

車屋の仕事は絶好調で29歳で本も出版し、その後は順風満帆な日々でしたが、先物取引の投資の営業の話につい乗ってしまったことで、いつしか借金を抱えるようになってしまったのです。

仕事の方は上手くいっていたものの、仕事での利益がすべて借金を埋めるお金に回ってしまい、その時はお金を稼げる手段なら、と闇カジノにまで手を出してしまったのです。

闇カジノ場は、実は、さまざまな業種の社長さんたちが集まる社交場でもあったのです。

私はそこでも、本当は苦しい状況にもかかわらず、皆に笑顔で接していたので仲良くしてもらって人気者になり、社長さんたちの人脈を通して仕事を紹介してもらったり、投資をしてもらったりなど、せっぱつまった状況ではありながらも、人に恵まれて過ごしていました。

しかし、ついに20代後半で自分のお金で建てた家を手放さないといけないというところまで追い込まれてしまいました。

その頃、すでに講演会もスタートしていたのですが、カジノで知り合ったある方から「今のこの生活のこと、講演で話せるんですか？」と言われてしまい、ハッとしたのです。

実は、自分の中でも密かに後ろめたさは感じてはいたのですが、「自分が話していることと、やっていることに矛盾がある」、とこの時にはっきりと気づき、その時点で闇カジノ通いはきっぱりとやめたのでした。

その後、借金の方は仕事を通じて順調に返すことができ、車関係の仕事も一切辞めて、そこから私の人生は講演家と支援活動の方向に大きく舵を切っていくこととなりました。

# 第2章

# 人生に影響を与えてくれた大切な人たち

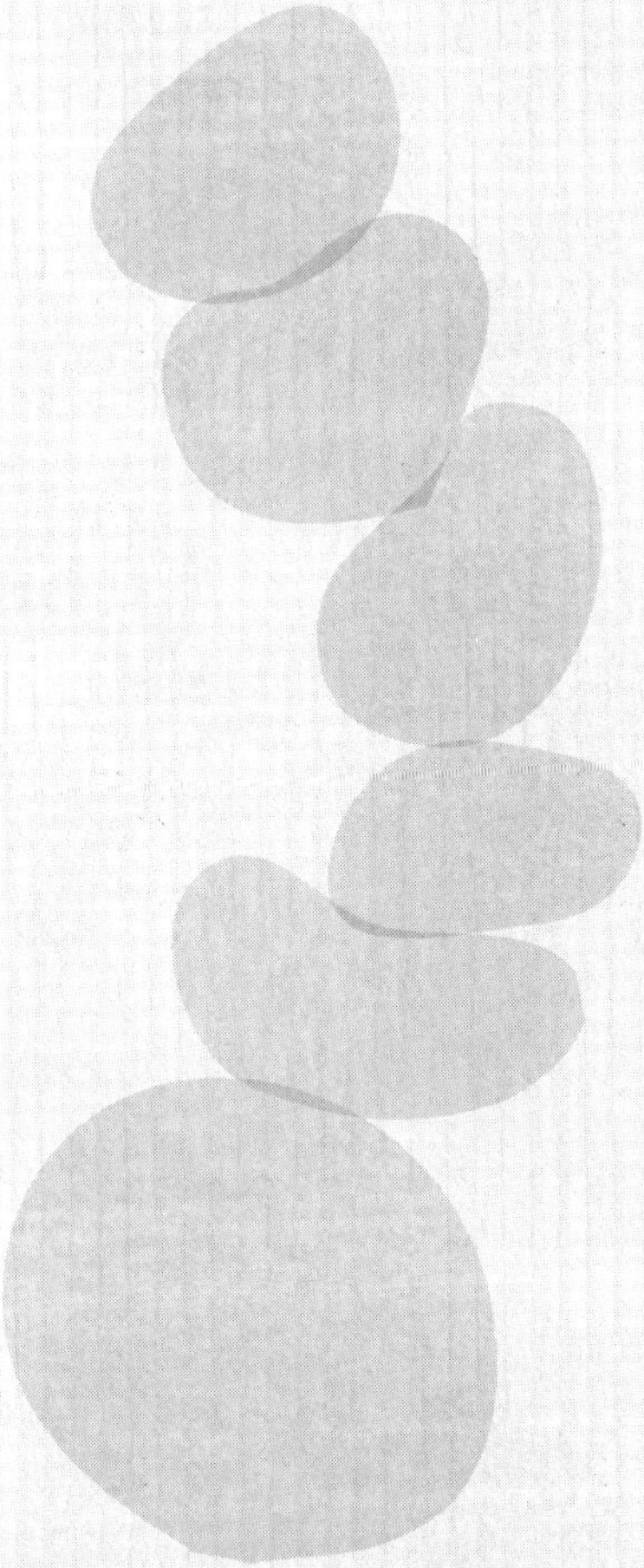

第1章では私のこれまでの道のりをお伝えしましたが、この章では私の人生に影響を与えてくれた大切な人たちを何人か紹介したいと思います。

# 永遠の師匠は、おばあちゃん

私の人生にとって永遠の師匠であり、心から尊敬するメンターと呼べる人は、母方の祖母です。

姉2人、兄1人の兄弟の末っ子であり、幼稚園に上がるくらいまで両親のもとを離れて祖母と暮らしていたこともある私だからか、とにかくおばあちゃ

ん っ子として育ちました。

祖母の方も、孫が合計で15人もいる中、この私を一番可愛がってくれていたと自負しています。

そんな祖母を一言で言い表すなら「愛の人」そのものであり、かつ、「与える人」でした。

もっと言えば、「与えることに幸せを感じている人」だったと思います。

母に兄弟が多かったことから、15人もいる孫たちなので、それぞれの入学や卒業のお祝いだけでもひっきりなしにやってきます。

それだけでなく、七五三、お正月のお年玉など、また、旅行へ行くと大家族へのお土産の量もすごくて、そんなおばあちゃんの近くで育ったことから、「おばあちゃんってすごいな。どうして、ここまでできるんだろう……」といつも思ったものでした。

誰とでも分け隔てなく接しながら、自分の持てるものを惜しみなく与える祖母を見て、子ども心に尊敬していたものです。

なぜなら、祖母だって特別裕福だったわけではなく、どちらかと言えば、貧しかった方ではないかと思うのです。

それでも、モノのない戦時中を生き抜いた人だったからこそ、食べ物を大切にし、また、困った人がいれば分け与えて助け合うという精神を持っていた人でした。

## 誰にでもおすそ分けをする祖母

そんな祖母を象徴するこんなエピソードを憶えています。

15人いる孫たちへのお祝いを欠かさなかったことをお伝えしましたが、それは家族でない他人に対しても同じだったのです。

生前の祖母は、お彼岸やお盆などのイベントには、よくおはぎを作って近所に配っていました。

昔の人は「おすそ分け」といって近所に食べ物などを配ったりする話はよくありましたが、祖母の場合、その規模が違うのです。

おはぎに関しても、作る量が半端ではなく、朝、4時くらいから起きておはぎを並べるスペースがないほど作っていたのです。

作ったおはぎは、家中の廊下を埋めていましたが、それだけでは足りなくて、階段までおはぎが並んでいた光景も憶えています。

その数たるや、たぶん普通の家庭が作る数ではなく、もはや、和菓子屋さんかと思えるほどのレベルだったと思われます。

そして、おはぎが出来上がると、祖母はお皿に数個ずつ乗せて、近所中を回って配って歩いたのです。

その際、ご近所の人たちとは、玄関先でいろいろな話に花を咲かせて楽しそうにしていました。

実は、ご近所の中には、町内の人々からちょっと嫌われているような、近所づきあいがしづらい家もあったのですが、祖母はそんなことさえも気にせず、その家にも行き、おはぎを配っていました。

今の時代は、人の手で握ったおにぎりは食べられない、みたいな衛生観念が発達した時代にもなってきて、かつてのような食べ物の〝おすそ分け〟による近所付き合いのコミュニケーションなども、もはや難しくなってきたようです。

けれども、誰とでもすぐに仲良くなり、愛されていた祖母のことを思い出す時、楽しそうにおすそ分けの〝作業〟をしていた祖母の姿が一番に浮かんでくるのです。

誰に対しても偏見など持たず、分け隔てなく仲良くなれる祖母。与えることだけに喜びを感じ、それがそのまま自身の幸せにつながっていた祖母の生き方は、その後の私の生き方に大きな影響を与えてくれたのです。

## 今でも一緒に生きている！

そんな祖母には、16歳で事故に遭った時には本当に心配をかけてしまいました。

実は、当時の私はまったく知る由もなかったのですが、祖母は私が事故をした後から日記をつけていてくれたのです。

祖母が亡くなって1年経った頃、実家のたんすの引き出しから古びたノートを発見して読みはじめた時には、涙が止まりませんでした。そこには、祖母の苦しみも読み取れたからです。

日記の中には、「佳央が今日、初めて氷のかけらを食べた」「今日、やっとジュースを飲むことができた」「今日の手術ではとても痛そうだった」というような、祖母が母親から直接聞いた情報なども含め、自分では意識がなかった頃の記憶にない日々のことが詳細に書かれていました。

私は、この日記があることで断片的でしかなかった日々がつながり、事故以降の時系列などを後で改めて知ることができたのです。

私の最初の本『這い上がり』では、事故後の治療の経過などの記録を詳しく掲載できたのですが、それもこの祖母の日記のおかげです。

そんな祖母は私が20代の後半に88歳で亡くなったのですが、最後まで愛情をかけてくれた祖母に心から感謝するとともに、もっとおばあちゃん孝行をしてあげたかったな、という後悔の気持ちもこみ上げてくるのです。

けれども、祖母の「誰とでも分け隔てなくお付き合いをして、与えることに幸せを感じる生き方」という精神はそのまま今でも私の中にしっかりと息づいています。

だから、ある意味、今でも祖母と一緒に生きているような感覚を感じています。

そう、今でも祖母は私にとって、永遠の師匠なのです。

## 嘘をついてくださった
# 担当医の百束先生

次に、私の人生に大きな影響を与えてくれた人たちは、言うまでもなく、事故後の私に献身的な治療とケアを施してくださった病院の先生や看護師さんたちです。

もちろん、両親や祖母など家族や友人たちからの大きなサポートがあったことにも感謝していますが、事故後のまだ意識のない状態からはじまり、意識が戻り命の保証がされた後までの献身的なケア、そして救命救急センターから普通の病棟へと移る病院生活の中で24時間、昼夜を問わず尽力していただいた先生や看護師さんなしでは今の私は存在しません。

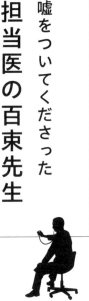

特に、今や日本における形成外科の熱傷などによる皮膚の再建治療においては第一人者になられた百束比古《ひゃくそくひこ》先生が、当時の私の担当医になってもらえたことも偶然ではなく、まさに運命のはからいだったのです。

なぜなら、事故を起こした場所は埼玉であり、そこから救急車に乗せられた私は、事故現場に近い場所から病院を幾つかたらい回しにされたのです。

そして、結果的に私を受け入れてくれたのが東京の千駄木にある日本医科大学の救命救急センターだったからです。

もし、他の場所で受け入れてもらえていたら、私の命はひょっとしたら助かっていなかったかもしれないし、百束先生にも巡り合っていなかったかもしれません。

百束先生は当時、ちょうどキャリア的にも油の乗り切った30代の医師であり、私の身体の皮膚の再建手術を何度も行っていただいたのです。

そんな百束先生が、私がまだ事故後に包帯がぐるぐると巻かれていて自身の顔も確認できていない頃、私をある嘘で救ってくださったのです。

## 前よりいい顔にしてあげるよ!

ある日、「顔の手術をするから、昔の写真を持ってきてね」と言われた私は早速、母親に写真を持ってきてもらい、先生に渡すと、先生は「前よりいい顔にしてあげるよ!」と言われたのです。

単純な私は、その言葉がうれしくて励みになり、その後のつらい手術の日々も乗り切ることができたのです。

ところが、「やった! 前よりも、もっとカッコいい顔になれるんだ!」と浮かれていた私に反して、先生は大嘘つきだったわけです。

なぜなら、私の顔は自分が予想するようなカッコいい顔になるどころか、もう元へ戻ることすらなかったからです。

もちろん、先生も嘘をつこうと思われたわけではなくて、たぶん、とっさに出た言葉だったのでしょう。

それでもこの時の先生の嘘が、私に生きる希望を与えてくれたのです。

当時は、まだ状況が自分でも把握できていなかった時期とはいえ、体中にずっと激痛を感じていたことで「たぶん、自分の身体は大変なことになっているんだろう」というのはわかっていました。

それでもこの時、希望の光が見えたおかげで、その後の入院生活を「頑張ろう！」というポジティブな気持ちで過ごすことができたのです。

この時、先生から正直に事実を伝えられていたら、私はきっとその日から一気に精神的に落ち込み、地獄に突き落とされていたはずです。

「自分の顔はもう元には戻らない」という受け入れがたい現実に、もしかして絶望のあまりに、突発的に死ぬことさえ考えたかもしれません。

第1章でもお伝えしましたが、最初の入院中には何度も「もう、死にたい！」と思ったものですが、それは、自分で自身の状況を確認できるようになったしばらく後であり、先生が嘘をつかれた時期はまだ事故後すぐの頃だったので、その時期から落ち込むことはなかったというわけです。

## 希望こそが一番の治療薬

私の身体で損傷を受けた部分は、時が経過しても治らない部分はもう治ることはありません。

でも、この時の先生の一言で、生きる希望と未来へ続く時間をいただいたのです。

「時間が解決する」という言葉がありますが、身体の傷は完治することは難しくても、心の傷の方は時間というプロセスの中で癒やせたのです。

この話を講演などですると、講演を聞いておられた病院の先生が講演後に私のもとへやってきて、「患者さんには嘘をついてはいけないと思っていましたが、これからは嘘をつきますね！」「そういう嘘ってありですね！」などと声をかけてくださった方が何人かおられました。

その後、百束先生は教授になられ、その道では名だたるドクターとして知られるようになりました。現在は、すでにご高齢になられたので大学病院はリタイアされており、ご自身のクリニックでのみ監修・指導のような形で患者さんに関わっていらっしゃるようですが、そんな先生とは今でも良いお付き合いが続いています。

形成外科医として何度も手術を行っていただき、できる限り、もとの身体に近い姿になるようにと努力してくださった先生は「古市君は僕の作品だよ（笑）」と言われるのに対して、私の方は、「先生を有名にしたのは僕ですよね（笑）」などと冗談も言い合える仲になっています。

今、思うと、先生からいただいたものはたくさんあるのですが、その中でも一番大きなものは明日への希望だったと思うのです。

希望こそが一番の治療薬であったというのが今になってわかるからこそ、百束先生には今でも感謝してもしきれません。

## 同情せずに普通に対応してくださった

# 看護師さん

長い入院生活の中で、お世話になっていた看護師さんたちですが、何よりも感謝しているのが、彼女たちが私のことを特別視せずに普通に扱ってくれたことです。

つまり、私に対して心の中ではきっと同情していたとしても、一見、同情していないふりをして普通に笑顔で接してもらえたのが当時の私にはとてもうれしかったのです。

病院という外の社会からは断絶された社会に閉じ込められていた16歳の若い

ティーンエージャーの私にとって、若い女性である看護師さんたちの存在はとても大きかったのです。

そう、病院という社会の中でも、1つの青春がそこにはあったのです。

今、この年齢ではもうありえないかもしれませんが、当時は、看護師さんと友達になりたい、もっと話したい、というときめいた気持ちや、同世代の若くて素敵な看護師さんにちょっぴり恋をするような気持ちなどもモチベーションになり、つらい日々を乗り越えさせてくれたのかもしれません。

もちろん、看護師さんたちも一人ひとり性格が違うのでやさしい人、ちょっと厳しい人、気を遣ってくれる人、そうでもない人などさまざまです。

そして、私もまだ若くて生意気ざかりだったので、看護師さんたちには自分の意見をずばずばと言ってしまうことも多く、困らせることも多かったのですが、彼女たちもそんな私を1人の人間として扱ってくれて、きちんとやりとりできる関係が築けていたように思います。

## 同じ体勢で食べてみてよ！

たとえば、こんなことがありました。

当時は食事の際、ベッドの角度を40度くらい起こしてもらい食事をするのですが、不自由な手で身体が斜めになった状態では1人で食事をすることができません。なんとかやっと1口を口元に運ぶだけでも大変で、もうそれだけでへとへとになってしまいます。

これでは、食事の味などがわかったものではありません。

そこで、看護師さんに食べるのを手伝ってほしいことを伝えると、「何甘えているの？　自分で食べられるでしょう？」と言われてしまいました。

そこで、「この角度じゃ無理だよ。健康な人だってこの体勢では無理だと思う。ちょっとやってみてよ！」と言い返しました。

するど、看護師さんも私と同じ体勢になって食事を取ることにトライしてくれたのです。

そして、「本当ね。これじゃあ食べられないわね！　ごめんなさいね！」と言って食事がしやすい方法に改善してくれました。

基本的に、看護師さんたちも毎回、同じ症状や状態の患者さんと向き合っているわけではないので、パーフェクトではありません。

ましてや、健康体の彼女たちには、患者の状況がわかってもらえない部分も多かったのです。

でも、私の意見をきちんと聞いて、自分たちの方に過ちや理解不足があればそれを認めて謝った上で、改善を図ってもらえたのです。

## コミュニケーションに役立った「古市新聞」

そんな看護師さんたちと、もっとより良い関係を築きたくて、ある試みをしました。

それは、入院から4か月後くらいたった頃、手のリハビリを兼ねてワープロを買ってもらったこともあり、「古市新聞」なるものを病室にいながら発行して、プリントして院内の皆に配ったのです。

新聞と言っても、A4の紙1枚のみのチラシのようなものですが、新聞の記事として、「包帯を巻くのが上手い看護師さんベスト3とワースト3」とか、看護師さんたちの失敗談など病院内で見つけたネタをまとめると、これが看護師さんだけでなく、他の患者さんたちにも好評で10号くらいは続いたと記憶しています。

ちなみに、この古市新聞で看護師さんたちをランク付けするコーナーがあったことで、看護師さんたちの方も、「私も、きちんとしなきゃ！」と思ってもらえたようです。

こんな試みも、「どうせ入院生活をするのなら、楽しくやりたい。どうせなら、病院生活をパラダイスにしたい！」、という気持ちがあったからです。

入院生活の期間は、病院という世界が私のすべてでした。

その意味において、毎日やりとりする看護師さんたちとのコミュニケーションが人間関係のすべてでもあったのです。

つまり、私にとっての最初のリハビリは、看護師さんたちと仲良くなりどこまで上手くやっていけるか、どこまで看護師さんたちを味方につけられるか、ということでした。

看護師さんたちの方も、看護師と患者という関係でありながらも、同時に、何度にも及ぶ手術やリハビリなどを通して、まるで大きな赤ちゃんに戻ってしまったような私が、改めて初めて食べる、座る、歩くなど何か1つのことができるようになると、自分のことのように喜んだり、励ましたりしてくれたのです。

そんな看護師さんたちは、家族のような存在でもあったような気がします。

事故後には絶望したり、卑屈になったりした時期もありましたが、それらを乗り越えて前向きな気持ちでいられるようになったのは、一緒に闘ってくれた看護師さんたちの存在があったからと言えるでしょう。

## 同じ痛みを共有できた

# 佐藤君

第1章にも登場していますが、入院中に出会った佐藤誠司君は、私の最大の理解者であり、年齢も近いことや同じような境遇でやけどを負った者同士、苦しみや痛みを分かち合える貴重な友人でした。

「でした」と過去形になるのは、すでに彼は2017年に癌《がん》で亡くなったからです。

佐藤君に初めて出会ったのは、重病患者が入る4人部屋から普通の病室の8人部屋に移った時。

自分と同じように大やけどを負っていた佐藤君とはすぐに打ち解けて、自分より先につらい治療やリハビリを経験していた彼からさまざまなことを教えてもらうなど、頼れる先輩であり、かつ、同世代の友達として退院後も長い付き合いが続きました。

彼と出会った際には、「こんな目にあっているのは、自分だけじゃないんだ！」となんだか仲間を見つけたような気持ちになり、ちょっぴりホッとしたのです。

入院中に苦労した食事の仕方なども、まずは、佐藤君が先陣を切って似たような苦労を先にしていたのです。

だから、看護師さんたちも「ちょっと、どうすればいいか、佐藤君に聞いてくるわね！」などと言って、佐藤君のもとへ行き、彼からアドバイスをもらって彼なりに苦労して編み出した食事の仕方を私に伝授してくれました。

一足先に同じ苦労をしていた彼がいたことで、私の病院内のＱＯＬ（クオリティ・オブ・ライフ）はどれだけ豊かなものになったことでしょうか。

ちなみに、佐藤君は電気工事の作業中に、高圧電線の事故で６６００ボルトもの電流を浴びてしまい、全身の55パーセントにやけどを負い、やけどのレベルで言うなら私よりひどい状態で入院をしていました。

彼と私の違いは、私が自分の責任で事故を起こしてやけどを負ったのとは違い、彼の場合は、上司が間違えてスイッチを入れてしまったことで起きた事故だったのです。

私同様に、若い頃はやんちゃをしていた佐藤君でしたが、やっと真面目になろうと思って仕事に就いた矢先に起きた事故だったのです。それも、上司の不注意で起きた事故だったことから、彼は自分の境遇をずっと恨んでいました。

それでも、彼自身も私と仲良くなることで、彼の怒りや恨みは少しずつ溶けていったようでした。

## 佐藤君の思いも受け継いでいく

実は、拙著『這い上がり』の巻末に佐藤君は文章を寄せてくれたのです。そこには、次のようなことが書いてありました。

僕が本当に立ち直れたのは、古市君のおかげだと思っています。古市君は、僕が想像していたより、はるかにたくましかった。こんな身体で、どうしてそんなにバイタリティがあるのかと不思議なくらい。看護師さんや家族に何でも頼む僕と違い、古市君はまず、自分でやってみようとするんですね。一度、彼に「なぜそんなに頑張るんだ？」と、聞いたことがあります。彼はこう答えました。「だって俺は、自分で事故を起こしちゃったんですよ。自分が頑張らないと、親に全部負担がかかってしまう。だから一生懸命やらないと」。この言葉を聞いて、自分が情けなくなったのです。人のミスでやけどを負った僕は、被害者意識が強く、「どうして僕がここまで苦しまなくてはならないのか」と、いつも不平不満ばかり。人に甘えて何も努力をしていませんでした。でも、古市君のような若い子がこんなに頑張っているんだから、自分もやらなきゃ……。初めて積極的に生きる気持ちが芽生えたのです。（P186）

佐藤君とは、彼が亡くなる数年前まで私の活動を手伝ってくれるなどして、最後まで友達であり、また、同志のような関係でした。

佐藤君が『這い上がり』に寄せてくれた手記には、彼が不自由になった手でお店のレジでお金を支払う際に大変な思いをしている話や、心ない視線からの苦しみなど社会復帰の難しさにも言及されていました。

加えて、熱傷患者は治療が終わった後には身体が不自由な部分があったとしても、結果的に五体満足であり命にかかわる問題ではないことから、補償をしてもらうことも難しいという問題にも触れて、自分たちのような存在がいることを大勢の人に知ってもらい、社会がもっといい方向へと変わってほしい、との切実な思いも綴られていたのです。

佐藤君が願っていたことが叶《かな》う社会が1日でもはやく訪れるように、彼の願いをしっかりと受け継いでいきたいと思います。

# 講演への道を開いてくださった かづきれいこさん

今、講演家として人々の前でお話をするようになって24年経ちますが、そのきっかけを作ってくださったのが、日本におけるリハビリメイクの第一人者であるフェイシャルセラピストのかづきれいこさんです。

かづきさんと初めて会ったのは、社会復帰してすでに6年ほどたったある日。当時20代の後半だった私は、佐藤君からの電話で日本医科大学の青木先生からかづきさんを紹介されて、佐藤君と一緒に同大学附属病院でお会いしたのが最初の出会いでした。

リハビリメイクとは、顔にあざや傷、やけどの痕などがある人にメイクアップを施してカバーすることで、より自然の肌に見せるというもので、日本の医療の現場に初めてメイクというものを導入したのがかづきさんだったのです。

かづきさんはリハビリメイクを患者さんに施すことで、患者さんがどう変わるか、ということをメンタルの部分も含めて研究されており、医療現場にアプローチしていたのです。

ちなみに、かづきさんご自身も生まれつきの心臓の疾患から、子どもの頃には冬に外に出ると顔が赤くなることが悩みだった方でした。その悩みは大人になって心臓の手術をしたことで解消されたのですが、それを機にメイク技術を学び、メイクの及ぼす心理的効果や外観の悩みなどを研究されてきたのです。

現在では、リハビリメイクによって悩みを抱えている多くの人が笑顔を取り戻しただけでなく、社会復帰ができたり、また、メイクで隠せるものなら手術もしないで済む、という道を選べるようになったりなど、かづきさんの貢献は計り知れません。

## リハビリメイクで多くの人が救われる！

そんなかづきさんが、私と佐藤君にリハビリメイクを紹介したいということが最初の出会いでした。

かづきさんは、まず佐藤君の顔半分にリハビリメイクを施してくださいました。

佐藤君の顔は、鼻から下がケロイド状態になって皮膚が黒くなっていたのですが、その部分がメイクで消えてとても自然な肌色になったのには驚きました。

そして、顔のもう半分のメイクが終わった時に、その自然な仕上がりに「医療メイクってすごい！　普通の人の顔みたいだ」と思ったのです。

実際には、なんだかいつもの佐藤君と違う人になったようで私は戸惑ったのですが、「このメイクで多くの人が救われる！」と思ったのを憶えています。

メイクの仕上がりに佐藤君自身も驚き、喜んでいました。

けれども、佐藤君は手が少し不自由だったこともあり、毎回、メイクをするのは「ちょっと面倒くさいから」、とそのうちメイクをすることをやめてしまい、またいつもの佐藤君の顔に戻ったのも事実です。

## 皆にあなたの話をしてくれる？

この時、かづきさんとは、私が社会復帰をした日々の生活の中で感じている苦労などについて、さまざまなことを話す機会がありました。

かづきさんは私のことを「大きなやけどを負った1人の若者が、社会復帰をしてそんなふうに頑張って生きているのはすごいわね。人はここまで変われるのね！」と言ってくださいました。

そして、「古市君、私のリハビリメイクの生徒さんたちに、あなたの話をしてくれる？」と提案を受けたのです。

最初は、ほとんどが女性という生徒さんたちの前で、何を話せばいいのだろうと不安でいっぱいでした。

でも、思い切って承諾すると、かづきさんは生徒さんたちの前で私のことを、「古市君ってね。昔、やんちゃしていた人なの。今はね、車屋さんの社長をやっているのよ。カッコいいでしょ！」と自分のことを紹介してくださるのです。

そんな紹介の仕方がくすぐったくもうれしくて、人の前で話をすることもなんとなく自信がつき、気づけば、自分の体験談を臆せずに話せていたのです。

こうして、かづきさんは以降、彼女が関わるさまざまな講演やセミナーなどに呼んでくださるようになり、人前でしゃべる、という機会がだんだんと増えていき、やがて、「講演家」と名乗るほど講演の数をこなすようになっていったのです。

## メイクを剥がせることが本当の社会復帰

かづきさんの言われた言葉で印象的だったのは、「最初に古市君に会った時、実は、あなたには傷がたくさんあってびっくりしたの。でもね、2回目に会った時には、私、もうあなたの傷は見えなかったのよ」とおっしゃったことです。

それは、リハビリメイクで私が傷を上手く隠せるようになったという意味ではなく、メイクなしの同じ顔でも彼女の目にはその傷が見えなかった、ということでした。

要するに、「人の外見や見た目は、いずれ慣れてしまうもの。その人の本当の素晴らしさを決めるのは外見ではない」ということであり、彼女が人々に一番伝えたいのはそこの部分だったのです。

かづきさんはリハビリメイクを社会に普及させることに奔走しながらも、実際にはその先に、「メイクで社会復帰した人が本当に社会復帰できた、と言えるのはそのメイクを剝がせたとき」とも語られていました。

「最初に笑顔になるにはメイクの力が必要かもしれないし、最初に表に出るにはメイクの力が助けてくれるかもしれない。でも、そこで友達や仲間ができて皆で笑い合えるようになれば、もう、メイクがなくても人と接することができるよね。それが本当の社会復帰ということなのよ」といつも言われていました。

医療メイクを提案しながらも、メイクを必要としないところが彼女のゴールにあるというその考え方に私は深く感動したのです。
かづきさんとの出会いがあってから、彼女から講演などの依頼があれば、何よりも優先して出席するようになりました。

今でもかづきさんはフェイシャルセラピストとして第一線で活躍されていますが、2022年4月2日の私の結婚式にも出席していただき「本当にうれしい！」と自分のことのように喜んでくださいました。
ご自身の息子さんが私よりも4歳下だったので、かづきさんにとって私はもう1人の息子のような感じなのかもしれません。

リハビリメイクだけでなく、人前で話すこと、そして講演家という道を切り開いてくださったかづきさんに人生で出会えたことに感謝しています。

## 悩みを抱えていた読者

次に、私の意識を大きく変えてくれたのは、２００１年に『這い上がり』を出版した後に、多くの感想を寄せてくれた読者の皆さんです。

出版後に、２００通以上の手紙が私に送られてきました。

手紙といっても、当時はまだ電子メールによる感想ではなく、いわゆる手書きの封書や葉書での手紙がほとんどでしたが、そのうちの95パーセントが女性からのものだったのです。

手紙の内容はファンレターのようなものというよりは、一言で言えば「私の本に救われた。ありがとう」というものがほとんどでした。

つまり、私の本を読んだことで、「勇気をもらった」「自殺を考え直すことができた」「生きていてくれてありがとう」などというメッセージがほとんどだったのです。

そして、手紙の主たちは、私と同様にやけどで身体に傷を負った人などではなく、かつ、身体的に障がいがあるような人でもなく、そのほとんどは心に傷を負っている人たちでした。

たとえば、家庭内暴力や虐待を受けていた人や、精神的な病、うつ病などを患っているような人たちであり、当時はまだ「引きこもり」という言葉もあまり使われていない時代でしたが、さまざまな心の悩みで表に出られずに引きこもっている人たちや社会で生きることに苦痛を感じている人ばかりだったのです。

中には、こんな人もいました。

大切な人を亡くしたことが原因で生きる気力を失ったある人は、仕事も手につかなくなり、そのうち、食事さえもできなくなり、最終的にはベッドの上から動けず、トイレへも移動することさえできない、というような寝たきり状態のことを伝えてくれた方などもいました。

皆さんはそれぞれ自身の状況を詳しく綴ってきており、中には便箋に10枚くらいの長文で書いてきた人もいました。

私は、そんな手紙を読みながら、「こんなにつらい思いをしている人がいるんだ……」と、こちらも泣きながら読むような内容のものもありました。

## 人を外見で判断していたのは自分だった

実は、衝撃を受けたのはそこからでした。

その後、そんな読者の方々が主催するイベントに来てくれるなどして、直接お会いする人も増えてきました。

すると、手紙では「もう、死にたい！」と心の底から叫び声を上げていた人が、とても普通の人に見えたのです。

中には、外車でさっそうと現れて、外見もとてもオシャレで輝いているような人もいました。

手紙を書いてくれた読者の方と会うたびに、「え⁉　本当にこの人が手紙をくれたのと同じ人⁉」「あれ⁉　寝たきりと聞いていたけれど……」などと驚くことがほとんどだったのです。

はっきり言って、外見や全体的なオーラから〝本当に悩んでいるっぽい人〟は、ほんの1人か2人だけでした。

私にはこのことが大きなショックでもあり、これまでの価値観がここからガラリと変わったのです。

実は当時はすでに、社会復帰をしてすでに何年も経っていた頃でしたが、周囲の人々を見て「この人たちは、本当に何の悩みもない人たちだよな。まったく、幸せそうでいいよな〜」と勝手に思い込んでいたのです。

でも、そんなふうに幸せそうに見える人たちの心の内では「死にたい……」とか、「もう生きていけない！」などという思いがいっぱいであり、それが本人たちを苦しめていたのです。

この時、それまで「人を外見で判断しないでほしい！」とか、「見た目で差別しないでくれ」などと思っていたこの私の方が、実は人を見かけで判断していたり、差別していたりしたことに気づき、大いに反省することになったのです。

実際に、私に会いに来られた人だって、颯爽《さっそう》と素敵な姿で登場された人も、その日は精いっぱい頑張って、なんとかベッドから這い出て、無理をして出て来られた人だったのかもしれない、ということがわかったのです。

正直に言って、こんなふうに読者たちとの出会いがなければ、私は事故以来、自分の中にあった「自分だけが不幸な運命に遭ったかわいそうな人間」というマイナスな考え方から抜け出せなかったかもしれません。

そしてその後も、その考え方のスパイラルに陥っていったかもしれないのです。

そういう意味において、読者たちとの出会いは大きな意識の転換になったのです。

誰もが悩みを隠して生きているものです。

道行く人は、誰一人として「私は自殺したいです！」などというプレートを首にかけて歩いていません。

それどころか、「私は幸せです！」という偽りのプレートを首にかけて歩いているようなものなのです。

だから、その人のSOSに気づけないのです。

この時から、心の中では「死にたい！」と思っているのに、周囲がその人のSOSが気づけないことから、本当にその人を死に追いやってしまうことがあることを何とか防げないか、自殺を考えている人を救えないかと考えるようになりました。

## 「オープンハートの会」を発足

特に、そんな人の周りにも本来なら身近な存在として家族や友人たちがいるわけですが、彼らさえも気づかないままになっている現状をどうにかできないか、という対策が必要だと思いました。

そして、私なりに、「自らの心をさらけだす場を作りたい！」と思ったのです。

そこから「オープンハートの会」を立ち上げて、「家族や友人にも吐けない弱音をここで吐いてほしい」というテーマで活動をはじめたのです。

オープンハートの会では、①差別と偏見をなくす、②楽しい時間を持つ、③気づきと発見を心がける、というポリシーのもとで、どんな障がい・悩みがある人でも、明るく楽しい社会参加を目指した活動を行っています。

これからもオープンハートの会では、どんな障がい・悩みがあっても、ハートをオープンにして語り合い、明るく楽しく生活できる社会を目指す活動をしていきたいと考えています。

## 人とのご縁をつなぐ
# 大山峻護さん

いつも素敵な人たちをつないでくださる大山峻護《しゅんご》さん。

元格闘家の大山峻護さんは、第一線で闘ってきて現役を辞めた時に、周囲に誰もいなくなったのが寂しかったとのことで、「仲間を作っていこう！」と思われたそうで、以降、約20年間、人と人とのご縁をつなぐことをされている方です。

月に何回か奥様の純子さんと一緒に開催されるご縁つなぎの食事会に集まる

のは、本当に素敵な人ばかり。

集まる人たちは、すごい経営者の方がいると思えば、政治家がいたり、タレントさんがいたり、若いアーティストがいたり、ドクターがいたり、格闘家がいたりなど。とにかくいろいろなジャンルの人が集まるのですが、その共通点は誰もが皆、素晴らしい人たちなのです。


大山さんはその会を開催することに、何かビジネス的な目論見などは一切ありません。

異業種交流会というと、普通は名刺交換したら、お仕事を紹介したりされたり、支援をしたりされたり、みたいなことが会の目的になっていたりもしますが、大山さんの会の場合はそのような目的は一切ありません。

ただ、大山さんに誘われたら、皆、大山さんが大好きだからうれしくて集まり、そこにいるだけで心がほかほか、〝ほっこり笑顔〟になるのです。


この私も大山会に呼んでいただけたら、よほどの用事がない限りは絶対に行くと決めていて、参加すると心が喜ぶ素晴らしい人たちに会えるので毎回楽しみにしているのです。

そして、大山さんご自身は会場を走り回り、この人とこの人をつなげる、みたいなことをずっとされていてご自身は全然食事をしていなかったりするのも頭が下がるのです。

きっと、大山さん自身にこの人とこの人をつなげれば、きっとすごいことが起きるだろう、新しいものが生まれるだろう、というお考えがあるのだと思います。

そんな大山さんが、私の結婚式で次のような言葉をくださったのです。

それは、「古市さんは今、ご自身の想像を超えた未来を生きているのです。古市さんは、想像を超えた未来があるということを証明してくれたのです」という言葉でした。

実際に、私の結婚式は事故から34年後の4月2日でした。

34年前の4月の2日に事故をしたその日がまさか結婚記念日になるなんて、この私自身が一番信じられなかったのです。

事故の後、「死にたい……」とばかり言っていた私が「世界一の幸せ者です！」と自分で宣言できるようになるなんて、私も家族も到底想像できなかったことです。

だからこそ、今、苦しんでいる人がいたとしても、きっと自分でも想像できないくらいの未来が待っている、ということを伝えてあげたいと思っているのです。

大山さんにいただいた言葉、〝想像を超えた未来を生きている〟私だからこそ、想像を超えた未来を生きる人を1人でも多く増やしていきたいと考えています。

第3章

# ワンファミリーでひとつになろう

## ワンファミリーへの思いを強くした「東日本大震災」

この地球は誰のものだろう?
水、空気も土も体も、もとはひとつ皆つながっている
君は愛を受けて生きているんだ　ワンファミリー
世界を笑顔で包みこむ　ワンファミリー
世界が笑顔になる日まで

人はいつか命が終わる
地位、名誉もお金やエゴも空に持ってゆけるものはひとつさ
はやく気づこう

それは思い出だけさ　ワンファミリー
世界を　みんなでわけ合おう　ワンファミリー
世界が　ひとつになる日まで

三十代　遡《さかのぼ》れば10億人先祖がいる
みんな家族なのになぜ争うの？　ワンファミリー
僕らはひとつの家族さ
ワンファミリー　ワンファミリー　みんなで手をつなごう

これは私の歌、『ワンファミリー～みんなひとつの家族～』の歌詞です。
「地球上に生きているすべての人たちがひとつの大きなワンファミリーなんだ」という思いを強くしたのは、2011年の3月11日の「東日本大震災」がきっかけです。

「ワンファミリー」の歌はこちらから

ご存じのように東日本大震災は、地震や津波により多大なる被害を負った東北地方だけでなく、すべての日本人の心に大きな深い傷を落とした出来事でした。

この日を境に、被災地では愛する人や大切な人を失った大勢の人々の人生が一転してしまったのですが、それと同時に、私の人生もまたこの出来事をきっかけに大きく変わることになりました。

そう、ワンファミリーへの思いがさらにここからより強くなり、それが自身の活動にも大きく反映していくことになったのです。

今思えば、３・11は日本のみならず世界を震撼させた未曽有の大災害でしたが、これにより日本中はひとつになり心を寄せ、誰もが何らかの形で被災地へのサポートを行ったのではないかと思います。

私もその1人ですが、結果的に、私が大震災後に被災地を訪問した回数は約80回に及ぶことになりました。

私が現地に通う際は、毎回、数名から十数名の部隊を組んで行ったのですが、メンバーは、その時々で集まることができる人たちが集合して訪問したので、毎回同じメンバーではありません。それでも、震災以降十年以上、現地に通い続けられたのはなぜなのでしょうか？

## 80回通った3・11被災地への訪問

それは、私はただ、現地にいるたくさんの〝友達〟に会いたかったから。

初めて訪問した時、現地のあまりの酷さに復興には長い年月がかかると思いました。

そこで、私も意志の強い人間ではないので、長く通い続けるにはどうしたらいいかを考えてみたのです。

そして、思いついたのは「現地の人と友達になればいいんだ！　友達のことなら放っておけないから、通い続けられる」と思ったのです。

あなたが普通に友達に会いに行くように、私もただ友達に会いに通っていたのです。

そうしたら、気が付けば計80回くらい現地に通っていたというわけです。

現地へ行く目的として、「ボランティア」「チャリティ」「慰問」など、どの言葉も私にはピンとこなかったし、しっくりきませんでした。

やはり、なんとなく「助けてあげる」「やってあげる」みたいな、こちらが優位に立って行動を起こすニュアンスがあるからです。

それに、自分も被災地をサポートするための専門分野の知識があったわけではありません。

そんな私だからこそ、被災地の皆さんにただ寄り添っていたい、笑顔を届けたい、話をしたい人がいるのなら聞いてあげたい、という思いで通い続けたのでした。

現在、すでに2011年の震災から13年経ち、今では現地もかなりの復興を遂げることができたように思います。しかし、心の復興はまだまだ終わりはないように思います。

当初は、「10年間は通おう！」と心に決めていた私ですが、2年前の2022年3月11日の後に一度訪問したのが最後になりました。

実は、2023年の3月11日は講演の仕事が入ってしまったことから、必ず毎年通っていた3月11日でしたが、「ここが区切りかな」と思えたからです。

私は常々、「人が生きていくために、一番大切なのは家族」とお伝えしています。

家族とはご存じのように夫婦や親子、親戚など特別な人たち、愛する人たちです。

でも、肉親である家族や友人、パートナーなど大切な人、愛する人を超えて、私たちはひとつになれるのです。

さらには、性別や年齢、職業や社会的なポジションを超えて、はたまた、人種や国境さえも超えて、誰もがひとつになれるのです。

そんなワンファミリーを提唱しはじめるきっかけになった、３・11への活動についてお話ししたいと思います。

## 〃この世の終わり〃を感じた瞬間

２０１１年３月11日の地震が起きた時間、私は自身で経営していた中古車販売の事務所に１人でいました。
その瞬間は埼玉県の越谷にいながら、７階建てのビルの２階でものすごい揺

れを感じ、とっさに窓の外を見ると、地面では何台もの車が一緒に大きく波打ちながら揺れていました。

その時は、「この世の終わり⁉」と感じたものです。

それは、たまによくある地震とはまったく別のものすごい揺れだったので、「今、外に出た方がいいのかな、それとも、部屋にいた方がいいのかな？」とパニックになりながら、上の階の重さでこの部屋もつぶれてしまうのではと焦ったりもしました。

あわててＴＶをつけると、どのチャンネルも地震情報に切り替わったようで、宮城県沖が震源と伝えはじめていました。越谷でこんな状態なのに、震源に近い場所は果たしていったいどうなっているのだろう、と恐ろしくなりました。

そこからは誰もがご存じのように、ＴＶの画面を通じて津波が海岸の町を飲み込むような映像などが繰り返し流されていくのです。

「これはとんでもないことになった……」

その日は、日本中の誰もがそう感じていたように、私も呆然《ぼうぜん》とするしかありませんでした。

その日から数日後、関西方面へ行く用事があり、無事に動いた新幹線に乗って関西へ降り立ちました。

すると、意外にも、何もなかったかのように普通にすべてのことが機能している関西の様子に少し驚いたのです。

関東では、震災当日は首都圏に住む人々も電車がすべて止まり、帰宅難民となって、夜を徹して何キロも歩き、都心から自宅へと徒歩で帰った人たちのニュースなども報じられていました。

震災後の2～3日後は、電車などの交通機関もまだ路線によっては完全には戻らず、スーパーなどでは買い占めがはじまったり、放射能の影響で人々がおびえたりなど、震災の影響を受けた関東の人々は恐怖の中にいたからです。

「こんなにも温度差が違うんだな」と思うと同時に、「では、現地の人たちは今、どれだけ大変な思いをしているんだろう」と思ったのです。

## こんな時こそ、と毎日書き続けたメルマガ

震災から約1週間が過ぎる頃、連日のTVの報道を通じて、被災地の様子がだんだんと明らかになりつつありました。

想像を超えるほど大打撃を受けた現地の様子が映し出されるほどに、「何か自分にできることはないだろうか」と思いつつ、もんもんとするばかりです。

当時、男性の友人が岩手にいて、震災直後は音信不通だったことからその友人の身を心配していたのですが、数日後に無事だとわかると、彼を通じてさらにいろいろなことがわかってきました。

その友人いわく、宮城にはたくさんの人々が入っていて支援活動がはじまったようですが、岩手はまだサポートが手薄だということでした。

そこでまずは、当時、毎日書いていたメルマガ（メールマガジン）を通じて支援物資を募ることにしました。

食料や毛布、割りばしなど「これが足りない！」と教えてもらったものをメルマガで呼びかけて集め、現地に送ることにしたのです。

ちなみに、震災直後から被災地への配慮のために、さまざまな活動を自粛した方がいいという意味で、「自粛」という言葉がよく使われることになりましたが、当時はメルマガというメディアが全盛期の時代の中、メルマガさえも「自粛」というムードになったものです。

というのも、当時はちょうど携帯からスマホへ移行しはじめた時期でしたが、被災地の人々がメルマガを読むためにダウンロードするデータの通信量さえ消費するのはもったいない、という状況だったからです。

なぜなら、もっと緊急の事態が発生した場合の情報をダウンロードするために、自身の契約している通信量を取っておいた方がいいからです。

また、メルマガの種類によっては、楽しい内容ばかりを発信するメルマガもあったかもしれません。

そんな内容のメルマガは、周囲ではまだまだ苦しんでいる人たちが多い時期には読みたくない人たちもいたかもしれません。

とにかく、全般的に娯楽や趣味に関する活動は自粛すべきというムードが震災後は世の中に漂っていました。

でも、私は震災後もメルマガを毎日書き続けました。

こんな時こそ、被災地の人だけでなく、地震後に放射能問題などが起きて恐怖の中にいる人々を励ましたい、と思ったからです。

実際に音信不通だった友人も私のメルマガを現地で読んでくれて、私に生存確認のコンタクトをしてきてくれたのでした。

## ようやく1か月後に被災地への訪問が実現

さて、では「支援に行きたい！」と思ったとしても、そこからが難しかったのです。

というのも、現地ボランティアには応募して行くことになるのですが、私の場合には何を目的に、というのがなかったからです。

現地の担当の人も、医療関係者などインフラに関するさまざまな専門家たちが現地入りする中で、「何をしに来るんですか？」という対応になるのは仕方がありません。

私の方は「現地の人たちに寄り添い、お話がしたいんです！」という思いがすべてなのですが、まだ、生きるために必死の人たちへの対応が続く中、私の申し出には「今は、まだ必要じゃない」という反応でした。

けれども、友人の働きかけによって、ようやく震災から1か月後の4月になって、初めて岩手県の山田町を訪問することができたのです。

山田町は震災で約800人が亡くなった町であり、当時はまだご遺体も見つからず、行方不明者が多くいるような状況でした。

私たちは、自分たちの食料や車の中で寝るための寝袋などの態勢を整えて、2泊3日の予定で片道8時間をかけて出発し、1回の訪問で数か所の避難所を回る、という形での訪問がスタートしたのです。

最初に訪れた避難所は体育館でしたが、避難している人たちはまだ、段ボールで仕切られた囲いの中でなんとか暮らしていた状態でした。

東北の4月半ばなので、避難所にはストーブも幾つかあるものの、まだまだ寒さが厳しい中、改めて現地のリアルな状況を目の当たりにすることになりました。

その頃は、食事もまだまだ十分に行き渡っておらず、今日はお弁当の日、今日はカップラーメンの日、という感じの配布状況の中、自衛隊の方たちが温かい食事を準備したりなど、震災後に各方面で懸命に働いているのを目にして、頭が下がったものです。

## ただ笑顔だけを見せよう

さて、私のグループは、物資なども持っていきますが、どちらかと言えば、ハードよりソフト面を重視したものでした。

我々の部隊は毎回、さまざまな分野の人が集まるグループで構成されていましたが、たとえば、マッサージの施術ができるセラピスト、心理カウンセリングができる人、歌を歌えるアーティスト、その演奏をしてくれるミュージシャンなど、珍しい時には落語家が参加するような回もありました。

最初に訪問した際、現地では、メルマガで集めた１０００人の笑顔と一人ひとりが書いたメッセージボードを動画にしたものを編集してスクリーンで流しました。

訪れた体育館の避難所にいる人たちに、「頑張ってください！」などと声をかけても薄っぺらい言葉になってしまうのは目に見えていました。

また、「私たちは同じ日本に住む家族ですよ。だから、何でも言ってくださいい！」と伝えたい気持ちもあったのですが、実際に家族を亡くして失意の中にいる人たちに向かって、〝家族〟という言葉を軽々しく使うのもはばかられたのです。

だから、皆さんたちに向けて、１０００人分の笑顔を連続で見せることにしたのです。

連続で流れるたくさんの笑顔を通して、「皆、ひとつになってつながっていますよ。私たちは離れているかもしれないけれど、ちゃんと皆さんのことを思っているから大丈夫。だから、何かもし、困ったことがあるなら、遠慮せずに声をかけてくださいね！」ということを伝えたかったのです。

## 「弱音を吐く会」で涙を流した人たち

そのような感じでスタートした訪問活動ですが、ある時、集まってくれた人たちと「弱音を吐く会」をやってみたのです。

もちろん、そんなふうに名付けたタイトルの会を開催したわけではありません。

ただ、現地の人々の様子を見ていると、皆が大切な人を亡くしているという現実がある中で、現地の人たちは皆、必死に「自分だけはしっかりしなければ！」と気を張っているように見えたのです。

また、「自分もつらい思いをしているけれど、自分よりもっと大変な思いをしている人がたくさんいる。だから、自分は泣いてはいけない。つらいなんて弱音を吐いたりしてはいけない！」というような雰囲気も漂っていました。

私はそんな様子を見て「思いを胸にしまったままでいるのはよくない」、と思えたのです。

それは、『這い上がり』を出した後、読者の人たちがたくさんの苦悩の手紙をくれた時に感じた思いと同じです。

現地の人たちを見ていると、悲しみを抑圧した気持ちはどこかで吐き出さない限り、どんどんとその人を蝕《むしば》んでいくように感じたのです。

そこで、ある訪問の際には、その日のテーマを「弱音を吐く会」にしたのです。

集まってくれた皆さんに、「皆さん！　今日は、何でもいいから弱音を吐きましょう。今日は、泣いたっていいし、叫んでもいいですよ。もちろん、文句やグチを言ったっていいんです。何でも言いたいことを言い尽くしましょう！」とお伝えしたのです。

そうすると、その避難所で皆のお世話をしている60代くらいの男性の班長さんが話をしてくださることになりました。

彼は津波で奥さんを亡くした人でしたが、震災後は自分の悲しみに向き合うことを避けるようにして、現地で忙しく班長として日々、被災者のお世話に奔走していたのです。

そんな彼が涙を流しながら、自分の話をしてくださった後、「やっと泣けたよ。ありがとう！」と言われたのです。彼はあえて忙しく動き回ることで、自分の悲しみを封印しようとされていたのです。

すると、他の人々も班長さんに続いて、これまで張りつめていた糸がプツンと切れたように、次々と〝自分なりの〟弱音を吐きながら涙を流して語ってくれたのです。

人は泣くことで気持ちが癒やされ、心が浄化されるだけでなく、また、ありのままの姿を見せることで、人との距離も縮まるものです。

私はこの時、〝泣く〟ということの重要さを改めて実感することになりました。

## 奇跡が起きて歩けるようになったおばあちゃん

他にも、さき子さんというおばあちゃんがいました。
彼女は津波がやってきたまさにその瞬間、皆が逃げまどう中、彼女も必死で逃げていたのですが、つまずいて地面に転んでしまいました。
すると、彼女の転んだ足の上を走っている他の人たちがどんどんと上を踏みつけていきます。

立ち上がろうにも、彼女の足はもう動かなくなりました。

さき子さんは、「もう、これまで……」と思ったそうです。ところがその瞬間、彼女の身体はすっと軽くなったのです。

その時、ある消防士さんが地面に横たわるさき子さんを見つけてくれて抱え上げると、安全な場所まで移動してくれたのです。

けれどもその後すぐに、なんと、その消防士さんは津波に飲まれて亡くなってしまったのです。

その日から、さき子さんは生き残ったことを喜ぶどころか、罪悪感を覚えていたのです。

「こんな私なんかが生き残って、果たしてよかったのだろうか。まだまだ若いこれから将来がある人が私のせいで亡くなってしまった……」という思いに囚われて、日々、苦しんでいたのです。

そんなさき子さんの思いは痛いほどよくわかります。

そこで、さき子さんには、自分の話をしてみました。

16歳で事故に遭って以来、地獄のようなどん底から這い上がり、1つ1つの困難をクリアしながら、ようやくここまでやってきたこと。また、自分も生死をさまよった経験をしたことで、改めて命があることはどれだけ素晴らしいのかをかみしめている、ということなど。

そして、皆に助けられてここまで生きることができた自分は今、本当に幸せを感じている、ということ。

だから、この場所へ来て、こうしてさき子さんにも会えているんだよ、ということ。

そんな自分の話を、さき子さんは涙を流しながら聞いてくれました。

そして、「この私も、生きていてもいいんだね……」と言ってくれたのです。

恐れ多いのですが、このとき、さき子さんは「神様がやって来てくれた！」とまで言ってくれました。

もちろん、そんな言葉にこちらは恐縮するばかりですが、その翌日、驚くべきことに奇跡が起こったのです。

実は前日の会には、杖《つえ》をつきながら集会所までやってきていたさき子さんでしたが、なんとその翌日には、杖なしですたすたと歩きながら「奇跡が起きたよ！」と私たちの前に登場してくれたのです。

さき子さんは前日とはすっかり別人のように、元気にイキイキとした人として私たちの前に登場してくれたのです。

この時、人は心の持ち方次第でこんなに身体にも変化が起きるものなのだ、ということを教えてもらったのです。

そこから、さき子さんとは以降、長いお付き合いがはじまりました。

毎回、現地を訪問すると、「待っていたよ！　さあ、これをお食べなさい！あなたたちの分まで取っておいたよ！」などともてなしてくれるようになり、

Message from Yoshio Furuichi

# あなたは、
# **あなたのままで**
# すばらしい！

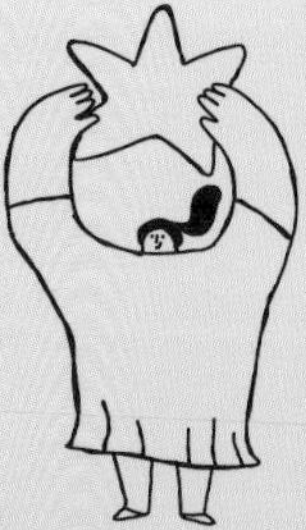

かづきれいこ先生との
スペシャル対談動画に
アクセス！

会うたびに元気になっていくさき子さんの姿を見るのも楽しみの1つになっていきました。

## 友達に会いに行ったから続けられた

このような形での現地の人々とのふれあいは、多い時には月に3回、1度の訪問で2～3泊はするので、震災後の2～3年間は実質的に10日に1回くらいは通っていたことになります。

それは私なりにボランティアというものへの考え方があったからです。

私が現地に10年間は通いたいと思ったのは、現地の状況が明らかになるほどに「サポートするのは1～2年で終わり、というレベルではないな」と思えたからです。

実は、震災後しばらくの間、被災地の各地は、〝ボランティア詣で〟による〝ボランティア渋滞〟のような現象が続いていました。

やはり、多くの人々が「自分もなんとか現地をお手伝いしたい」、という思いから被災地へ行っていたからです。

もちろん、それはそれで素晴らしい行動なのですが、1回だけ、もしくは、多い人でも数回お手伝いに駆け付けたらそれで終わりというサポートの仕方がほとんどでした。

すると、現地では「あの人たち、もう、来なくなったよね」というような声も聞こえるようになりました。

では、どうしたら通い続けられるのだろうと考えた時に、ボランティアと被災者という関係だとある期間を過ぎれば、もう通う必要はなくなると思ったのです。

現地に「行く」、というよりも、こちらの方が「行かせてもらっている」と思っていた私は、そもそも、お伝えしたようにボランティアという言葉もあまり好きではありません。
こちらは健康な身体があって、訪問できる時間がある、という状態だけでありがたいのですから。

だから、通い続けるためにも、先述したように「現地の人と友達になればいいんだ」と思ったのです。
友達なら自然に助け合うし、友達なら誰だって会いに行きたくなる、そんな関係になりたいと思っていたので、一緒に訪問するメンバーたちにも、そのような気持ちになってほしいとお願いしました。

その結果、実際にその時のメンバーたちはそれぞれ友達ができたようで、時々現地に遊びにいったり、手紙の交換をしていたりなど、今でもいい関係を続けている人たちがたくさんいます。

# 約束はきちんと守ろう

訪問に参加するメンバーたちは毎回募っていましたが、片道8時間の道中にメンバーの皆に1つだけ約束をお願いしていたことがあります。

それは、「また来ますね！」と言ったら、その約束は本当に守ってくださいね、ということ。

もし、そう宣言したのなら本当に、確実に行ってくださいね、ということです。

震災後はボランティアをはじめ、いろいろな人たちが被災地に出入りして、サポートをしながらさまざまな交流を行っていました。

そして、別れ際になると、ついつい言ってしまいがちなのが「また来ますね！」という言葉です。

現地の人たちとお話も盛り上がってしまうと、ついつい勢いで社交辞令的にそんな言葉を言ってしまうものです。


実際に、「また来ますね！」という言葉は、「じゃあ、お元気で！　さようなら」みたいなニュアンスの別れの挨拶みたいな感覚でも使ったりするので、普通に「また来ますね！」と言っておきながら、実際には行かない、ということもよくあるものです。


でも、被災地では遠くからやってきた人々がたくさんやってきて、そして帰っていく。

現地の人たちは、そんなことの繰り返しの中に置かれていたのです。

だからこそ、私は被災地の人たちとうわべだけの社交辞令ではなく、また、ボランティアと被災者という関係性でなく、人間対人間としての付き合いをしてほしいと思ったのです。

被災された人たちも〝被災者〟という大きなくくりではなく、一人ひとり名前があって、それぞれの人生があるのです。ぜひ、そんなことにも気を配り、一人ひとりを尊重してほしかったのです。

こうして、訪問活動を続ける中、最終的には陸前高田市とのご縁が深くなり、訪問する場所も次第に陸前高田市がメインになりました。

現地では活動を通して慈恩寺の住職である古山敬光さんとの出会いがあり、皆が古山さんを慕い、彼のもとに集まるようになり、今でも家族のように仲良くしていただいています。

こうして、最初に被災地を訪問する時に心に決めた〝友達づくり〟が実現したのです。

先述の通り、これまで毎年、3・11の日には陸前高田の奇跡の一本松＊へ行って黙とうを捧げるのが私なりの年中行事になっていました。

その後、奇跡の一本松のあたりも観光地化されて、今では多くの人々が訪れるようになりました。

つまり、ようやくそういうステージに入ったのです。

私が訪問していた避難所も当初は体育館でしたが、その後、プレハブ的な仮設住宅から行政が運営する団地などの復興住宅へと進化していき、被災地の皆さんが新たな住居へと新しい暮らしをはじめることで、訪問する回数も自然と減っていきました。

とはいえ、現地でお友達になった人たちとのご縁はこれからも永遠に続いていくと信じています。

なぜなら、私たちは友達だからです。

**＊奇跡の一本松**
東日本大震災により、陸前高田市は死者・行方不明者が2千人近くにのぼるなど、市街地や海沿いの集落は壊滅。約7万本と言われる高田松原もほとんどが流された中、唯一残ったのが「奇跡の一本松」。現在では、陸前高田市ではモニュメントとして保存整備されている。

# 第4章

# あなただけの物語は誰かの希望になる

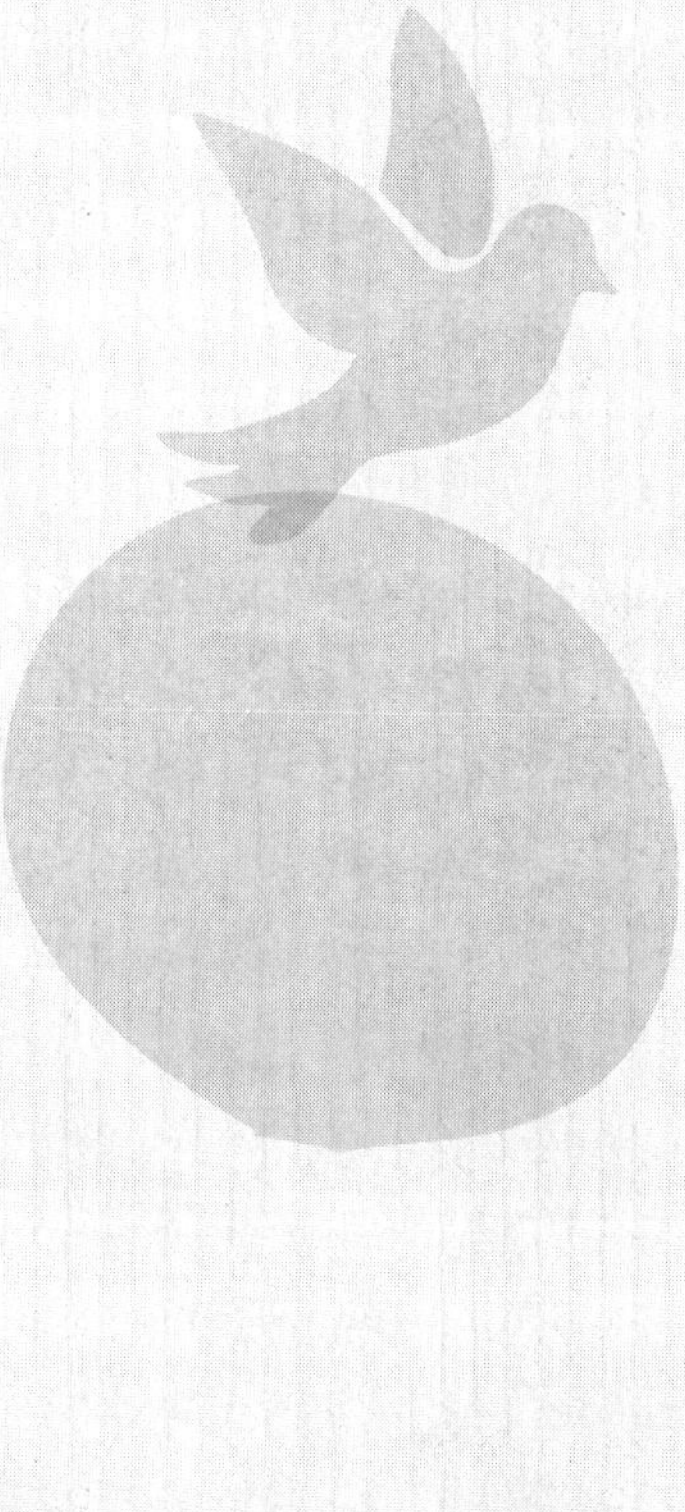

# 12万人の聴衆に向けて語ってきた日々

今、私は歌う講演家としても活動しています。

かづきれいこさんの勧めにより、人前で話すことが２０００年頃からはじまった講演活動ですが、２０１３年に大谷由里子さん主催の「全国講師オーディション」でグランプリを獲得して以来、本格的な講演家としての活動がはじまりました。


1年間に行う講演の数は、コロナ禍の前は平均１００回くらいだったので、平均すると、３日に1度はどこかで講演をしていた計算になります。

けれども、２０２０年以降のコロナ禍になると会場でのリアルな講演を行う数は一気に減り、ＺＯＯＭでのオンラインによる講演会やライブなどもはじまりましたが、2023年くらいからまた会場へ足を運び講演をする活動も復活してきました。

毎回、講演をする目的や対象、場所などはさまざまですが、教育機関や企業、各種団体などからお声をかけていただき、講演を行っています。

訪問する場所の例を挙げると、小・中・高等学校、大学、専門学校、病院、熱傷学会、企業研修、青年会議所や少年院などあらゆる場所で、これまで12万人以上を超える人々の前でお話をしてきたことになります。

こうした長年の講演活動と並行して、現在、私は毎年行うスピーチコンテストをプロデュースすることがライフワークの1つになっています。

2010年からスタートした女性のスピーチコンテストである「キラキラ女性講演会」は、2015年に全国大会へと進化し賞金が30万円の大会となり2023年には9回目の会を無事に終え、2017年からスタートした男性部門の「サムライ講演会」もすでに7回開催しました。

## 初めて開催したスピーチ大会が大好評

そもそものはじまりは、第3章でもお伝えしたように、かづきさんに勧められてスタートした人前で自分のことを話す機会が増えてきはじめた頃、ある席である女性から「私も古市さんのように話してみたい！」と言われたことがきっかけでした。

私は、「そうなの？　人前で話したい人がいるんだ！　じゃあ、やってみたらいいよ！」と早速、スピーチをする会を企画することになりました。

当然ですが、参加者が1人だけだと少ないので、何人か人も集めようとスピーチする人を募集してみたら計4人ほど集まりました。

そして、当然ですが参加者たちはこれまで講演をした経験のない人たちだったので、「やっぱり、人前で話をするなら練習も必要だよね」と自分なりに参加者にスピーチのコツなどのレッスンも行いました。

そして、晴れて講演会を開催したところ、お客さんも60名くらい集まってくれた上、会場の皆さんが涙を流して参加者のスピーチに聞き入っている様子を見て、「こんなにも感動してもらえるんだ！」と私も改めて驚いたのです。

この企画は1回きりの単発のイベントの予定でしたが、反響がとても大きかったことから、再度開催することにして、それがいつしか毎年のイベントとして定着することになりました。

その仕組みも、当初は予選会もなく、応募者がそのまま参加する形でしたが、２０１５年からコンテスト形式となりました。

今では各地で予選会を開き、最後に決勝大会を行い賞金つきの優勝者を決めるまでになり、数名の特別審査員の方にも参加していただくほどの規模に成長しました。

参加者の方も、かつては話すことに関しては初めての方が多かったのですが、ここ最近は、すでに講師として人前で話すことに慣れている人や、スピーチのスキルを持っているプロフェッショナルな人たちも参加するようになってきています。

## スピーチの原稿を仕上げるまでの作業が成長につながる

私の方も、コンテストを開催するにあたって、本気で参加者たちに取り組みます。

まず、最初にそれぞれの参加者たちと一人ひとり面談をしていきます。

そして、各々の人生の道のりをヒアリングしながら、その人が「何を伝えたいのか」「なぜ、それを伝えたいのか」「これからのゴールは?」などをもとに、スピーチのコンセプトの大枠を固めていきます。

実際には、スピーチの時間は12分間（以前は15分）なのですが、その原稿を固めるまでの作業だけに何十時間もかけることも多々あります。

実は、このプロセスがその人にとっての〝過去の人生の棚卸し〟、つまり、過去を振り返りながら整理していく作業になるのです。

その後、一旦、ご自身でスピーチ原稿は作っていただきますが、そこからまた、原稿をブラッシュアップして予選会に臨み、本選へと進むことになります。

審査基準になるのは、「構成力・共感力・志・表現力」であり、各要素を審査員が点数をつけて評価しますが、やはり、プレゼンテーションをする際のその人の〝熱量〟が高いほど、人々の感動を呼び込みやすいのです。

この部分が活字などでは伝わらないスピーチの良さと言えるでしょう。

# オンリーワンのストーリーが舞台で輝く

さて、女性版のコンテストは「キラキラ女性講演会」との名前の通り、当日の参加者たちは、この人が人前で話すことが本当に素人さんだったの?と疑うほど堂々と立派なスピーチをする人に変容しているのです。

まさに、ステージの上でキラキラと輝く女性たちになっているのです。

もちろん、それは男性版の「サムライ講演会」も同じです。


この講演会というイベントにおける重要なポイントは、コンテスト当日だけの出来栄えを重視しているのではない、ということです。

「さなぎから蝶《ちょう》に変わる」、という言葉があるように、参加者たちがこのプロジェクトに応募した時のさなぎの状態から、晴れの舞台で蝶になるまでのプロセスこそが実は最も重要なのであり、参加者たちにとっての人生の宝物にもなるのです。

また、この講演会を主催する目的は、「どんな人にも伝えられるメッセージが潜んでいる。そして、誰かの人生は他の誰かの希望になる」ということです。私にしか伝えられないこともあれば、私では伝えられないこともたくさんあるのです。

つまり、それぞれ一人ひとり違う役割があるということです。

たとえば、幼児虐待を受けて育ってきた人が虐待を乗り越えてきたプロセスを話すことで、もし今、同じような境遇のもとで生きている人がいれば、そこから生きるヒントも見つかるだけでなく、同じ経験をした人にしかわかり合えない共感というものも生まれるのです。

そして、かつて自分と同じ経験をした人が今、こんなにも輝いて幸せになっている、という姿を見るのは現在同じ経験をしている人にとっても、大きな希望になるはずなのです。

その人だけにしか伝えられないオンリーワンのストーリーは、その人からダイレクトに届く人には最強にパワフルなメッセージになるのです。

参加者たちは応募からコンテスト当日までのプロセスにおいて変容を遂げている、とお伝えしましたが、さらにコンテストを終えた後に、彼らは皆、さらに羽ばたいて大きな変容を遂げているというのも事実なのです。

## 人生が激変した参加者

ここで、そんな大きな変容を遂げた過去の参加者を1人、ご紹介しておきましょう。

劔持《けんもつ》奈央《なお》さんという女性は、15歳の頃に不幸にも性被害、いわゆるレイプに遭ってしまいました。

そのせいで精神が壊れてしまい、ストレスからうつや摂食障がい、アトピー性皮膚炎などを次々に患い、結婚をしても幸せな結婚には至りませんでした。

もともと、お姉さんが女優になるほど美人の2人姉妹の妹だった奈央さん自身も、将来はそんな華やかな道を夢みていたはずなのに、性被害をきっかけに彼女の人生はそこから暗黒時代を迎えてしまったのです。

実は、彼女は性被害に遭ったことを、当時は自分の母親や姉にも話せなかったのです。だから、彼女がどうして荒れているのかが周囲の人にも理解してもらえなかったのでした。

けれども、奈央さんは「キラキラ女性講演会」の存在を知ったことで、「これまで人には話せなかったことを人前でしゃべってみよう！」と決心すると勇気を出して講演会に出場したのです。

講演会に出場する際には、スピーチの内容を作るためにこれまでの人生に改めて向き合うことになりますが、彼女はもう逃げることはしませんでした。

そして、講演会後、彼女の人生は激変することになりました。

まず、スピーチをするために自分自身と正面から向き合ったことで、抱えていた闇も昇華され癒やされたのです。

そしてそれ以上に、今度は、女性性を解放しながら幸せを導くセクシュアリティのプロフェッショナルになったのです。

彼女の女性限定メルマガ、「セックスはまぁるい宇宙」からはじまった彼女の活動は、3万人以上もの女性の心に届くことになりました。

今では、運命的に出会った男性と幸せな結婚をしてお子さんにも恵まれ、「性（生）とお産を輝かせる」というテーマでセラピー他、執筆活動など多方面にわたる活動を展開されています。

奈央さんに最初に会った頃は、彼女は、まだ性というものをポジティブには捉えられていなくて、セクシュアリティに関する活動などは考えていませんでした。

けれども、講演会で自身をカミングアウトしたことで、過去にピリオドを打ち、キラキラと輝く未来の扉を自分で開けたのです。

## SNS時代の今、スピーチコンテストの良さとは!?

今、〝人前で話す〟、ということはSNSを通じてより気軽に、簡単に行われるようになってきました。

特に、インスタグラムなどのアプリを通して、リアルタイムでのライブ配信を行う〝ライバー（Liver）〟と呼ばれる人たちも増えてきて、今や動画などで自身を表現することは全盛期を迎えているのではないでしょうか。

でも、いつでもどこでも気ままにはじめられるライブ配信とスピーチコンテストには、大きな違いがあるのです。

それはやはり、ライブ配信の場合、配信者と視聴者の関係性はメッセージ機能などを通しての相互のインタラクティブなコミュニケーションが主であり、また、配信の回数や時間なども自由でルールはありません。

一方で、講演会のスピーチコンテストの場合は観客に向けてよりオフィシャルに語りかけるスタイルであり、特にコンテストなどの場合は1回限り、観客とも一期一会になるスピーチとなるからです。

舞台の上でスピーチをするという緊張感は、あらゆる場所から気軽にカジュアルなスタイルで行うライブ配信とは比べられないかもしれません。

また、私が行っているスピーチコンテストには、どこまで自分の過去をさらけだせるか、というテーマもあることから、気軽にその時、頭に浮かんでくることをカジュアルに話すだけのトークともまったく違う種類のものだと言えるでしょう。

やはり、話す内容を練って、計算し尽くしたものにするからこそ、人々から共感や感動をいただけるものだと思っています。

## もっと幸せな人を増やしたい！

さて、このような形でスピーチコンテストの主催を続けてきた私ですが、この私自身もこのイベントを通して毎年成長させていただいています。

当然ですが、回を重ねるごとに私のスピーチに対するコーチングの腕も上がっていると自負していますし、何よりも、毎年、新たな参加者の皆さんにお会いして、それぞれの人生のストーリーに触れた時、まずは、この私自身が一番、感動をさせてもらっているのです。

スピーチコンテストに関する今後の展望として、しばらくは現状のスタイルを継続しながら、時代の流れに沿って今後の活動も展開していくと思いますが、できれば次のステップとして、参加者たちの次のステージも考えていければと思っています。

たとえば、変容を遂げた参加者たちの生き方を紹介する本の出版などの企画や、今後はカテゴリー別にスピーチコンテストを行うことも面白いかもしれません。

他にも、経営者の人たちこそスピーチの技術が必要とされることから、経営者や起業家向けのよりビジネスに直結したプレゼンテーションの大会などもあり得るでしょう。

どちらにしても、今後もスピーチコンテストは形を変えながらも継続していく予定です。

私がこのイベントを行う究極的な目的は、「幸せな人を増やす」ということ。なぜなら、この私自身が実際に講演を行うことを通して幸せになれたからです。これぼかりは、体感してみないとわからないかもしれません。

一般的に、スピーチや講演と聞くと、普通の人には無縁のものであり、セミナー講師や大学の教授、政治家や経営者、各種専門家たちのみが行うものだと思われがちです。

けれども、本来ならもっともっと〝普通の人〟こそ、スピーチに挑戦してその醍醐味《だいごみ》とそこから得られる素晴らしい体験を味わっていただきたいと思っています。

## 歌う講演家へ

個人的には最近、〝音楽の力〟を知ってからは、歌う講演家としての活動も増えてきました。

最初に私が歌を歌いはじめたのは２０１６年からなので、今年で８年目になります。

そもそものきっかけは、講演やイベントでは常にいろいろなジャンルの方とのコラボが多いのですが、ミュージシャンの方とのコラボは特に多く、2010年にアーティスト、作家でありミュージシャンでもあるAKIRAさんという方と出会いました。

そして、彼とのコラボで私が自身のストーリーを朗読し、AKIRAさんがそれぞれのシーンに合った歌をピアニストが弾く伴奏に乗せて歌いながらストーリーを進めていく「セルフストーリーオペラ」というものに挑戦してみたのです。


すると、観客の皆さんが大号泣している様子を見て、とても驚いたのです。それだけでなく、公演が終わると皆さんが「人生が変わった！」「素晴らしかった！」と興奮しながら私に声をかけてきてくださいました。

「これまで、数えきれないほど講演を行ってきたけれど、講演だけではこんなにも人々を感動させることはできなかった。でも、音楽が加わるだけで、ここまで人の感情に強く訴えることができるんだ。音楽の力ってすごい！」と音楽と歌の持つパワーに驚いたのです。

もともと自分も歌うことは好きではあったのですが、当初は人前で歌うことまでは考えていませんでした。

そんな私も、それ以降、ステージで歌を歌う機会も少しずつ増えてきたのです。

その後、２０１６年に若手の音楽家である望月翔太さんとの出会いがありました。

望月さんは、自分で作詞作曲をした歌を歌うというポリシーの方でした。けれども、そんな彼から、「僕は他の人の作詞では曲を作ったことがないのですが、古市さんの言葉で曲を作ってみたい」と言っていただいたのです。

そこで早速、望月さんと一緒に曲を作ることになりました。そして、最初に作った曲が『言葉』という歌なのですが、せっかく自分で書いた詩なので、ぜひ、この歌を私自身でも歌いたいとファーストライブを行うことにしました。

とはいえ、1曲しか持ち歌がないので、他にも尾崎豊さんの歌などをカバーするなどしてライブをやってみたのがライブ活動のはじまりでした。

その後、歌うこともだんだん楽しくなり、『タイムマシーン』『ワンファミリー』など、どんどんオリジナル曲も増えていき、今では、もうオリジナルの曲だけでもライブができるくらいレパートリーが増えています。

こうして、今では講演の内容にもよりますが、メニューの中に歌を歌うコーナーを組み込み、語ることと歌うことの二刀流がはじまったのです。

講演に歌うことを組み込んだ「ライブ&トーク」のスタイルは評判もよく、改めて音楽の力を実感しています。

音楽の力について、AKIRAさんから次のような言葉をいただいたことがあります。

「古市くん、講演は1回聞いたら2回目はあんまり聞いてはもらえないかもしれないけど、歌は同じ曲であっても、何回でも聞きたくなるものなんだよ」、と。

確かに、人気のあった流行歌などは時代を超えて歌い継がれています。また、自分の好きな曲や好きなアーティストの曲なら、何年経っても何度も繰り返し聴きたくなるものです。

さらに、アーティストさんによっては、新しい曲よりも、古い曲の方に人気があることも少なくありません。

AKIRAさんからの一言で、「もしかしたら、100年後にも歌い継いでもらえる歌ができたらどんなにいいだろう!」と、そこからさらに歌うことにも力を入れるようになりました。

ただし、私はこれからも歌っていきたいとはいえ、「売れる曲を作りたい!」というより、私が歌いたいのはあくまでメッセージ性のある歌なのです。

巷《ちまた》にはラブソングがたくさん溢《あふ》れていますが、ラブソングはそれが得意な他のアーティストさんたちにお任せしたいと思っています。

やはり、私は子どもたちのいじめをなくせるような歌、いじめられていた子が元気を出せるような歌、そして、死にたいと思っていた人がもうちょっと生きてみよう、と思ってもらえるような歌を歌っていきたいのです。

たとえば、私がこれまで作った歌の中でメッセージ性のあるものを挙げるなら、『ほっこり笑顔』という歌があります。

**ほっこり笑顔**

電車の中ではみんな　なんか怖い顔してる
お姉さんもお兄さんも　みんな何で不機嫌なの

目の前に座らないで　君の顔怖いから　そんなの日常
まがお怖いよ
ほっこりほっこりほっこりんりん
ほっこりほっこりほっこり　りりりん
ほっこりほっこりまがおはやめてー

ほっこり笑顔で
ほっこりほっこりほっこりんりん
ほっこりほっこりほっこり　りりりん
ほっこりほー小さな思いやりー

台所いつもお母さん　眉間にしわ寄せて
話しかける気が失せる　母さん僕 嫌いなの？

家の中が暗くなる　こっち見て笑ってよ　そんなの日常

まがお怖いよ
ほっこりほっこりほっこりんりん
ほっこりほっこりほっこり　りりりん
ほっこりほっこりまがおはやめてー

ほっこり笑顔で
ほっこりほっこりほっこりんりん
ほっこりほっこりほっこり　りりりん
ほっこりほー小さな思いやりー

会社の中ではみんな　パソコンとにらめっこしてる
部長さんも課長さんも　人の顔を見てやしない

「ほっこり笑顔」の歌はこちらから

業績が落ちていく　このままじゃ倒産する　そんなの日常
まがお怖いよ
ほっこりほっこりほっこりんりん
ほっこりほっこりほっこり　りりりん
ほっこりほっこりまがおはやめてー

ほっこり笑顔で
ほっこりほっこりほっこりんりん
ほっこりほっこりほっこり　りりりりん
ほっこりほー小さな思いやりー

ほっこり笑顔で行ってきまーす

今、この日本には笑顔って少ないと思うのです。

もちろん、笑っている人はたくさんいるのです。でも、本当に心の底から笑っているのかな、と思えるような人が多いように感じられるのです。

特に、年配の男性に多いのですが、口角が下がって、頬の笑う筋肉なんかも完全に退化してしまっているように見えるのです。

電車の中でそんな男性たちによく出会うのですが、そんな人たちを見ると、「この人、もう、ここ数年、心の底から笑ったことなんてないんじゃないかな？」なんて思えるのです。

『ほっこり笑顔』の歌には、「そんな怖い顔で目の前に座らないでね」というフレーズがありますが、それはつまり、「あなたの笑顔を取り戻してほしい」、というメッセージでもあるのです。

私は真剣に、この曲を電車の中でかけてほしいとさえ思っているくらいです。

こうして、歌を歌うようになってからは、会う人たちに「いつかＮＨＫの紅白歌合戦に出たいんです！」と宣言しています。

声に出したことが現実になるという〝言霊〟という言葉もあるので、こうやって発信していると、いつかは実現するかもしれません。

いつか、日本中のお茶の間に、この私だけしか伝えられないメッセージを届けることができればと願っています。

# 第5章
# 幸せになるために

# 幸せになるにはどうすればいい？

「幸せになるには、どうしたらいいですか？」

そんな質問をいただくことも多いのですが、「幸せ」には、人それぞれ、いろいろな定義があるはずです。

「お金がたくさんあること」が幸せだと考える人、または、「有名になること」「愛する人と結婚すること」「子どもを持つこと」「一軒家に住むこと」「いい大学に入ること」「海外で暮らすこと」などなど、それぞれの幸せの定義や幸せに対する価値観は違うはずです。

でも、もし私が「幸せになるには、どうしたらいいですか？」と聞かれたなら、私はこう答えることにしています。

それは、「自分が幸せになりたいのなら、まずは、他の人を幸せにしてみようよ！」ということです。

私は人の役に立ち、人を助けることで相手が喜んでくれたり、「ありがとう」という言葉をもらえたりすることほど幸せなことはないと思うのです。

なぜなら、まずはそう言われると、素直にとてもうれしいですよね？

小さな子どもから大人まで、「ありがとう！」と言われると、誰もがそれだけでうきうきした幸せな気分を味わえるはずです。

あなたという存在が必要とされ、かつ、必要とされることを提供することで感謝される、ということは、「あなたという人間の存在意義・存在価値が認められた」ということなのです。

「ありがとう！」という言葉は、最も波動の高い言葉ともいわれているからこそ、そんな言葉をもらえるだけでその瞬間から幸せになれるのです。

また、「幸せ」は、何も大きなことを成し遂げなくても、今すぐここから幸せになることができるのです。

「じゃあ、何をすればいいの?」

と質問する人には、私は「何だっていいんですよ!」と答えています。

たとえば、道端で困っている人がいたら、たとえその人のことを知らなくても「お手伝いしましょうか?」と声をかけてみたり、車いすの人がいたら押してあげたりする、というような些細《ささい》なことでいいのです。

そんな人間同士の小さなふれあいから幸せになれる、ということを知っておいていただきたいのです。

人間には、本能的に承認欲求というものが備わっています。

今、まさにその自己承認欲求を形にしたものがSNSの世界で展開されているのですが、「私を見て！」「私はここにいる！」という自己アピールの発信も、自分が他人に認められることで満足したい、そして、そこから得られる幸福感を形にした1つの表現でもあるのです。

そんなSNSも幸せを感じる手法なのかもしれませんが、実は、幸せはもっと身近にあるのです。

ここでは、私が考える幸せになるための「5つの〝あ〟」をご紹介しておきましょう。

## 幸せになるためのキーワードは「5つの〝あ〟」

### ❶ あたり前が幸せ

当たり前=幸せ、つまり、今のあなたの日常は、すでに幸せな状態の中にあるということ。

けれども、それがわかるのは、その〝あたり前〟が失われたときです。

そのとき、その幸せに気づくのです。でも、もしそうなるのなら、そのあたり前の幸せがあるうちに気づきませんか?というものです。

これは私が16歳で事故を起こした時に、痛いほど感じたものです。なんてことはない、平凡でありきたりの普通の日常がどれだけ幸せであったのか、ということは失われたときにしか気づかないのです。

また、入院中に亡くなる人の遺族の様子を見てきて、大切な家族を亡くされた方がどれだけの悲しみを背負うかを見た時に、生きていてくれるだけでいいんだ、ということに気づかされました。

人は、生きているだけで当たり前という幸せを大切な人に与え続けているのだと。

これは、メーテルリンクの『青い鳥』のように、幸せになれる青い鳥を探してさまよったとしても、実は、幸せは自分の足元にあった、というお話と同じですね。

## ❷ あるものに気づく

私たちは、つい「ないもの探しのスペシャリスト」になっています。

小さい頃から、両親や先生などからは自分が不足している部分、欠けている部分を指摘されながら育ちます。実際に、自分でも常に他人と比べることで、足りないところや自分が持っていないものに目がいってしまうのです。

その「ないもの」は能力的なものから生まれ育った家庭環境までさまざまですが、常にないものが気になり、ないものに無意識的にフォーカスを当ててしまうので、よけいに自分のダメなところが際立ち、自信をなくして劣等感を感じるのです。

でも、80点を「マイナス20点」と言われると、「自分は20点も足りない」と思いますが、「プラス80点」と言われると、「自分には80点もある」と考えられませんか？

つまり、「今の自分にあるものに目を向けてみようよ」ということであり、そのあるものがどれだけ豊かなものであるかそれに気づく、ということです。「あるもの探しのスペシャリスト」になることが幸せの近道なのです。

実際に、今のあなたには、〝今のあなたにぴったりなすべてのもの〟が備わっているのです。

そこに気づくと、これまで「これが足りないから不幸だ」と見えていたが、「これがあるから幸せ」、という視点にひっくり返るはずです。

また、電話をかけたら出てくれる大切な人がいる。家に帰れば「お帰り！」って言ってくれる人がいる。おいしいご飯が毎日食べられている、など。

こんなことだってあなたが「持っているもの」であり、あなたの豊かさであり、あなたの幸せなのです。

だから、どうか持ってないものでなく、持っているものに目を向けるようにしてください。

それだけで、あなたの見える世界が大きく変わってくるはずです。

## ❸ ありのままを認めてもらう

人はありのままを認められたいという承認欲求があります。本来あなたはありのままで素晴らしいのであり、それを認められることこそが幸せにつながるのです。

もし、あなたにお子さんがいるなら、お子さんが生まれた時のことをちょっと思い出してみてください。きっと、「生まれてきてくれてありがとう！」と感謝したはずです。

そして、「無事に生まれてきてくれた。もう、それだけでいい。それだけで十分だ」、とその時は思ったのではないでしょうか。無条件に承認していたのです。

それなのに、何年か経つと、すっかりそのことは忘れてしまうものなのです。

そして、いつしか教育という名のもとで我が子を点数やデータで評価しはじめ、他の子と比べてできないことや足りない部分に目がいき、そこを補おうとしはじめていたはずです。

そして、ありのままのお子さんを「こうであるべき」と、無理やりあなたの理想に変えようとすることで、さまざまな問題が起きてしまうのです。

だからどうか、お子さんが生まれた時に感じた気持ちを持ち続けてほしいのです。
もちろん、大人であるあなた自身も同じなのです。

同じように、あなたがこの世に生まれてきた時に、あなたの両親から「生まれてきてくれてありがとう。もう、それだけでいい」と感謝されたはずなのです。

それなのに、学校では点数で評価され、偏差値で学校を選び、社会に出て就職をしてもまた競争社会の中でサバイバルを続けることで、ありのままで生きることが苦しくなってしまったのです。

でも、そんなあなたも、本当はありのままのあなたであることで祝福されていたのです。

他の誰も、あなたになることはできないのですから。

また、だからこそお互いが認め合える社会を作らなくてはいけないと思うのです。

まずは、ありのままでいい、ということを身近な人に伝えてほしいのです。

すると、それが巡り巡って自分を認めてもらうことにもなるのです。

もし、自分のありのままを今すぐ認めてほしい方は、ぜひ、私のコミュニティに入ってきてください。

## 4 あたえることで幸せになる

人は、「与えること」で幸せになれるのです。それは与えたものが返ってくるからなのです。

そうお伝えすると、「自分には、ゆとりがないから与えることはできない」という人もいるかもしれません。

でも、与えることは、お金やモノなど何か物質的なものだけを指すのではなく、何だっていいのです。

たとえば、「笑顔」や「挨拶」、「応援」などは老若男女問わず無料で誰かに提供できるものです。とりわけ、「笑顔」と「挨拶」の組み合わせなんて最強だと思うのです。

あなたも、誰かに笑顔で挨拶されたら、うれしくてそれだけで幸せな気持ちになりますよね。

そうされると、あなたもその人に同じように笑顔で挨拶を返すはずです。すると、その人もまた、うれしい気持ちになるはずです。

こうして笑顔と挨拶を交換するという行為は、あなたという存在がきちんと承認された、ということでもあるのです。

とはいえ、今、笑顔で挨拶するというアクションがだんだんとしづらい社会になってきています。

ご近所付き合いは希薄になり、お隣さんと挨拶をしない人も多く、コンビニなどでも店員さんと目を合わせることもなく買い物は済ませられるだけでなく、スーパーなども無人会計が増えています。

今では、道行く人に声をかけたりしたら、逆にヘンな人だと思われてしまうし、できるだけ知らない人とは接触しないように、というような風潮にもなってきています。

でも、笑顔で挨拶することは、あなた次第で、いつでもどこでも可能なのです。

コンビニで会計を済ませたら、「ありがとう!」と笑顔で店員さんに挨拶できるし、自宅のマンションの廊下で住人の誰かとすれ違えば笑顔で挨拶もできるはずです。

そんな小さなアクションが、きっと、その日1日の小さな幸せをもたらしてくれるのです。

「応援」も同様にお金をかけずに応援することができるのですが、幸せを感じるためにも、利害関係なく応援することが大切です。

たとえば、誰かがイベントを企画していて人出が足りないなら、無償でスタッフになることを申し出てみる。他にも、誰かがちょっと困っているな、と思えるときに、向こうから声をかけられる前に率先してこちらから手伝ってあげる、など。

そんなことを心がけていると、いつしか、相手にもそのことが伝わって、互いに応援し合える関係性ができていくものです。

「Give（ギブ＝与える）＆Take（テイク＝受け取る）」という言葉もあるように、「与えるから戻ってくる」という法則はあるものの、この2つの関係性においては、後々自分に戻ってくるモノやこと＝テイクの方を期待して、先にギブしておこう、というような人が意外にも多いものです。

つまり、最初からテイクありきのギブ&テイクになってしまっているのです。


でも、本当に豊かな人には、ギブの裏側に潜む目論見や狙いはなく「ギブ&ギブ」ということだけを考えていたりするのです。

だからこそ、そんな人は自分でも気づかないうちに、さらにたくさんのテイクを手にしているのです。

そして、このギブ&ギブの根底にあるものこそ、「与えられる自分は幸せだ」という考え方なのです。

この精神こそ、まさに私の祖母の生き方だったような気がします。

生き方（与えるという生き方）を変えた私の周りには、今は素敵な人しかいなくなりました。

## 5 「ありがとう」を探す

「ありがとう」をたくさん見つけられる人ほど、幸せになれるのです。
別の言葉で言えば、「ありがとう探し」ができる人＝「感謝力が高い人ほど幸せ」だと言えるでしょう。

では、あなたはどんなときに、どんなことで感謝したくなりますか？

たとえば、1日に2、3回しか「ありがとう」と思わない人と、1日に20〜30回ほど「ありがとう」と感謝できる人は、当然ですが後者の方が幸せになれる人なのです。

ここで、私のエピソードを1つご紹介しておきましょう。

私は2009年に血液検査をした際に、C型肝炎になっていたことが発覚しました。

これは事故の際に大量の輸血をしたことが原因であり、血液感染によるものでした。

なんと私は、これまで1000人近い人の血液を輸血してもらっていたのです。


実は、C型肝炎は他の肝炎に比べて初期の自覚症状も乏しいといわれていますが、私が感染していることがわかったのは別件で採血をする機会があったからです。

もし、そのままほっておくと、もしかして肝硬変になったかもしれませんが、ラッキーなことに早い段階でわかったことで、早速、治療としてインターフェロンの注射を半年くらい打つことで完治しました。

治療期間は注射の副作用が出て食欲もあまりなく、頭痛にも悩まされることになりましたが、そこまで日常生活が脅かされることもなく、なんとか無事に治療を乗り切れたのです。

この治療の期間に、いろいろなことを改めて考えることになりました。

それは、私は事故の後、大変な時期を経てなんとか自力で這い上がってここまで頑張って生きてきた、と思っていました。

けれども、実は1000人近い人たちがくれた血液のおかげで生かされていたことに気づいたのです。C型肝炎になったのは、「そのことに気づきなさい！」という私へのメッセージだったのです。

その時、献血をしていただいた人たちに、遅ればせながら改めて「ありがとう」と感謝の気持ちが湧き上がってきたのです。

当然ですが、献血をしていただいた人たちが誰であるかはわからないので、一人ひとりにお礼を言うことなどはできませんが、もし、可能なら、直接会ってお礼を言いたいとさえ思ったのです。

その頃は、道ですれ違う人たちに、「血を分けてくれた人は、あの人かもしれない」「この人かもしれない」とも思ったものです。

この時、この世界は見えないところで皆で協力し合い、助け合っていて、ひとつにつながっているんだ、ということがわかったのです。

自分がつながっているのは家族や自分の生活圏にいる人たちだけではない、見えないところでもつながっている、という思いから「ワンファミリー」という言葉が浮かんできて、以降、ワンファミリーへの活動にもつながっていったのです。

私は1000人もの人たちから命を分け与えて助けてもらっただけで幸せ者だし、そのことに気づけたことにもまた感謝したいと思いました。

もちろん、献血に行く人は社会貢献という意識から行う人もいれば、単純にその日、街頭で誘われて時間もあったから、という人もいるでしょう。

中には、献血することでもらえるドリンクやお菓子などの品が目当ての人も中にはいるかもしれません。
でも、そんな何気ないきっかけの1つのアクションが今日も誰かの命を救っているのであり、献血をされた人からこうやってこんなにも感謝されているんだよ、ということを献血する人の方も知ってほしいのです。

献血だけに関して言えば、血液が入っているプラスティックバッグを作っている人、腕に射す注射器を作っている人、その注射器を扱う看護師さんなど、視点を広げていけば、「ありがとう」はキリがないほど永遠に続いていくのです。

私は輸血によってC型肝炎になり、そのことで大勢の人から助けてもらったことを改めて感謝したのですが、中には反対の人もいるかもしれません。
つまり、よく薬害による訴訟などの問題も起きていますが、輸血のせいで肝炎になった、ということで逆に病院などを訴える人などもいるかもしれません。
このような状況のとき、感謝なのか、それとも、怒りや恨みの感情なのか、考え方1つでその人の幸福度もまた違ってくるのです。

実際に、ある方のお母さんが私とまったく同じように輸血からC型肝炎を患っていたそうで、やはり当初は、怒りの気持ちの方が大きかったそうです。
けれども、私のこの話を聞いた娘さんがその話をお母さんにしたところ、そのお母さんは涙を流し、それまで怒りの感情だったものが感謝に変わったそうです。

これは私が体験した献血から気づきを得た1つのエピソードですが、あなたが生きていくために必要なもので同じように感じていただけることもたくさんあるはずです。

生活の中に、たくさんの「ありがとう」を見つけられる人ほど、幸せになれるのです。

ぜひ、あなたも、たくさんのありがとうを探してみてほしいと思います。


いかがでしたか？

幸せになるための５つの「あ」は、「え？　こんなことでいいの？」というくらい簡単で手軽で、それも無料で誰もができることばかりです。

幸せになるために必要なのは、５つの「あ」だけで幸せになれるんだという意識の転換と、やはり、小さなアクションから幸せになれる、ということです。

５つの「あ」を自ら心がけ、〝世界一の幸せ者〟を自称する私も実証済みなので、ぜひ、あなたも５つの「あ」を実行することで幸せになってほしいと思います！

# 第6章

# やさしい社会へ

## どうしたら自殺者ゼロの社会になる？

私が目指しているのは、「やさしい社会」です。

やさしい社会、と一言で言うと漠然としていますが、もう少しかみ砕いて表現するなら、それは「人々がお互いに思いやりを持ち、皆が笑顔で生きられる社会」ということになります。


また、「やさしい社会」ということを、もし、数字やデータで表現するなら、「自殺者ゼロの社会」ということになります。

ご存じの人も多いかと思いますが、日本は悲しいことに、世界的な自殺大国としても知られています。

厚生労働省の「自殺対策推進室」が発表した資料、「世界保健機関資料（2022年2月発表の資料*）」によると、日本の自殺死亡率は、先進国（G7の日本、アメリカ、フランス、カナダ、ドイツ、イギリス、イタリアの7か国）の中では最も高く、男女別なら男性はアメリカに次いで2位、女性は1位となっています。

特に、先進国の中では、日本の若年層（29歳まで）の死因として自殺がトップとなっています。

また、同資料によれば、さらに諸外国を含めた上位20か国で見ても、日本は第6位であり（第1位は韓国）、男女別にみると、女性の場合はやはり第2位という結果になっています。

こんなふうに、データで現実を突き付けられると、自殺者ゼロの社会を目指すのは程遠く、ただの理想にすぎないかもしれません。

でも、ここでちょっとイメージしていただきたいと思います。

自殺者ゼロの社会がもしあるとしたら、どんな社会になっていると思いますか？

私にとって自殺者ゼロの社会は「皆が笑いあっていて、お互いに助け合っている社会」なのです。

つまり、そんな社会を皆が実現できれば、自殺者もより少なくなっていくのではないでしょうか。

では、どうすれば、そんな社会を実現できるのでしょうか？

＊厚生労働省「自殺対策推進室」より「世界保健機関資料」
https://www.mhlw.go.jp/content/r4h-1-1-07.pdf

# どうか、頑張りすぎないで！

あなたの周りにもＳＯＳが発信されているかもしれません。

自殺者のニュースを見るたびに、「その人からＳＯＳが出ているときに、どうして周囲の人は気づけなかったのだろう？」「どうして、命が失われる前に助け船が出せなかったのだろう？」と思うのは私だけではないはずです。

また、どうして日本でここまで自殺者が多いのか、と考えたときに日本人ならではの几帳面《きちょうめん》で真面目な性格も関係していると思います。

やはり、「人に迷惑をかけてはいけない」「もっと頑張らなくっちゃいけない」「責任感をまっとうしなければならない」などの意識がいつしか自分を追い詰めてしまうのです。

少し前に、ネットで次のような記事が出ていました。

それは、相談者（50代の女性）がフィナンシャル・プランナーに自分のお金の状況について相談をする経済系の記事でした。

その女性は、会社で人間関係に悩んでいて、とにかく会社勤めがつらくてたまらないとのことでした。

でも、まだ年金をもらうまであと何年もあるし、貯金もこれくらいの数字だから、そこまでたっぷりあるわけではない。だからあと、5～6年くらいはつらくても、なんとか一生懸命頑張って、その後、会社を辞めようと思う。今後のお金の計画としては、どうすればいいですか？　みたいな質問でした。


すると、この質問に対するあるフィナンシャル・プランナーの方の回答が秀逸だったのです。

それは、「毎日がそんなにつらいのなら、今すぐ会社を辞めてください！」という回答だったからです。

その方はファイナンスについてのアドバイスをする人であり、心理カウンセラーではありません。

だからもしかして、別のフィナンシャル・プランナーの方だったら、「あと、5〜6年頑張れば、毎年、これくらいの貯金が増えますね。そうすると、年金まで○○くらい貯まります。それまで、なんとかやっていきましょう！」みたいな回答をしたかもしれません。

でも、この質問に答えた方は、具体的なお金のプランうんぬんより、まずは、相談者の心身の健康を案じた回答をしているところが素晴らしいなと思ったのです。

きっと質問者のケースでは、会社を辞めた方がその人がトータルで手にするお金は当然ですが減ってしまうに違いありません。

やはり、そこはお金のプロとしては、お金をたくさん稼げる方法を選択し、それを上手く運用していく方法を伝えるべきなのかもしれませんが、このフィナンシャル・プランナーの方は、この質問者のSOSを感じ取ってアドバイスをしていたのです。

そしてこの回答に対して、相談者の方もまた驚いたようでした。なぜなら、相談者にとって「今すぐ会社を辞める」という選択は、まったく頭の片隅にもなかったからです。

彼女はどんなにつらくても、これからまだ数年間は会社に勤め続けることを前提に相談をしていたからです。

だから、フィナンシャル・プランナーからのアドバイスは目からウロコだったようですが、「自分は、そんな選択をしてもいいのだ。今、会社を辞めてもいいんだ。お金の問題は、きっとそこからまだ何とかなるんだ」ということがわかったのです。

相談者の女性は、そんな選択を自分に許してもいいということに気づき、「心が軽くなりました!」とフィナンシャル・プランナーの方に感謝をしていました。

皆、どこかで自分が頑張りすぎていることさえ気づかなかったりするものです。

だから、「そんなに頑張らなくてもいいんだよ！」というアドバイスをもらうだけで、新しい視界が開けたりするものなのです。

一生懸命頑張ることは、とても素敵なことです。

でも、心身が壊れるまで頑張りすぎないことが大切です。

だからこそ、あなたの隣で頑張りすぎている人がいるのなら、「頑張りすぎないでいいんだよ」という一言をかけてあげてほしいのです。

その一言が、その人の心をふっと軽くできるかもしれません。

## 「幸せスクール」でやりたいこと

きっと私が生きている間には、自殺者ゼロの社会の実現は難しいかもしれません。

でも、私ができる範囲でやれることはやってみたいのです。そこで、1つのアクションとして、オンラインサロンで教育というアプローチを採用した「幸せスクール」というものを立ち上げました。

幸せスクールは、「みんなの得意なこととやりたいことを応援するコミュニティ」をテーマに掲げており、まだこれは夢ですが、将来的にはそれをリアルな学校という形で実現する「学び舎」を作りたいと思っています。

誰もが皆、それぞれ得意とすることや好きなことは違うものです。

それなのに、今の教育システムでは一律に同じ授業を受け、成績や順位、偏差値でその人が判断されるだけでなく、その人の得意なこと、好きなことを伸ばせる環境が十分に整っていません。

結果的に、その人の本来の才能は眠ったまま、もしくは、その人だけの特別な才能に本人さえも気づかないまま、やりたくない仕事に就いてお金のために、日々の生活のために我慢しながら生きる、という道を歩むことで病んでしまう人も多いのです。

でも本来なら、足は遅いけれど、絵を描くことはとても上手、算数は得意じゃないけれど、ピアノを弾くことは大好き、作文は苦手だけれど、昆虫のことは誰よりも詳しい、みたい子どもたちが普通なのです。

だから私は、そんな子どもたちに向けて、それぞれの好きなこと・得意なことを応援しながら自分だけの能力を伸ばせるような学校を作りたいのです。

私の小学生の頃は、学校で勉強やスポーツの成績優秀者などが貼りだされていました。

私はとにかく負けず嫌いだったことから、「なんとか一番になりたい!」と必死で頑張り、実際にいつも上位に貼りだされていました。

でも、足がはやい人のランキングなら、当然ですが足がはやい人もいれば遅い人もいるのです。

足のはやさなどは、努力などでは叶わない身体的な要因なども関わることから、足が遅い子がいたとしても当たり前なのですが、それでも、ランク付けされてしまうと、「自分は足が遅いんだ。ダメな人間なんだ」と劣等感を感じ自分に自信をなくす子どもだっているのです。

しかし、子どもの頃から、授業は好きなものだけ受けられるという学校だったら、今の教育システムで自信をなくす子どもや不登校の子どもなども少なくなるのではないでしょうか。

また、そもそも学校自体も年齢や学年別に組まれたカリキュラムでなくてもいいのかもしれません。

いずれは、学校という場所は年齢や性別なども関係なく、さまざまな背景の人が自由に集まれるような場所ができればいいなと思っています。

そして、そこで自分が得意なことを中心に学びながら、そのスキルで社会に貢献したり交換し合うことでお互いに豊かになっていくコミュニティまで作ればどれだけいいでしょうか。

もし、そのような学校とコミュニティづくりができれば、そこでは、誰もがお互いに自分たちの価値を認め合い、尊重し合える社会が形成されているはずです。

そんな社会では、一人ひとりが自己肯定感や自尊心を持っているので、自殺をするような人もいないのではないかと思います。

私の幸せスクールは、今はまだ着手したばかり。

これから、私ができる自分なりのやり方で、自殺者ゼロの社会に向けて小さなアクションからはじめていければと思っています。

## 障がい者にやさしい社会にするために

〝やさしい社会〟を考える際に、忘れてはならないのが障がいを持つ人たちにやさしい社会であるかどうか、ということです。

やはり、障がい者にとっては、やさしい社会という言葉がただのイメージだけではなく、実際に現実の生活に関わってくるからです。

常々感じていることとして、いわゆる健常者の人たちは、障がいを持つ人たちを「助けたい！」「サポートしたい！」という気持ちはあったとしても、障がいを持つ人たちが何についてどんなふうにどこまで困っている、ということが実はよくわからないのです。

16歳の時の事故で手の指が少し不自由になった私も、今ではすでに新しく生まれ変わった身体と付き合ってきた年月の方が長くなっています。

だから今では、どのようにすれば快適に生活ができるか、という知恵が長年の経験ですでに身に付きました。

たとえば、「飲み物の入ったカップは、左手では持てないけれど、右手で工夫すれば持てるし、こぼさずに飲める」みたいなことは、すでに学習しながら身体に沁《し》み込んでいるのです。

だから、今では日常生活を送る中で、そこまで困ることもないのです。

要するに、できないことはできる範囲でやるようにする、という習慣がついたからです。

# 機能面の進化からバリアフリーの社会へ

けれども、社会に出たばかりの頃は駅で電車の切符を買うことだって一苦労していました。

当初は、小銭をポケットや財布から取り出して、自動販売機に入れるのが至難の業で、特に、切符を買う長い列ができているようなときには、後ろの人たちにもたついていると思われたらどうしよう、とプレッシャーを感じて余計に焦ったものでした。

そして、焦りから地面に小銭をばらまいてしまうこともしばしばありました。

実は、地面の小銭を拾うのは切符を買うことよりもっと難しく、両手で小銭を拾わなくてはならず、情けないしパニックにもなりそうでした。

でも、次第に私も学んでいったのです。

自動販売機の前に立つときには、最初からおつりのない額の小銭を手に準備しておけばいいなどと、自分なりの対応策がわかってくるのです。

今では、そんな数十年前とも違い、コンビニやスーパー、自動販売機などの小銭の受け皿もユニバーサルデザイン（障がいの有無に関係なく，すべての人が使いやすいように製品・建物・環境などをデザインすること）が採用されるようにもなってきました。

だから、より小銭1つを扱うことに関しても、より誰もが使いやすいように考慮されたものになり、障がいを持つ人にも生活の中で困ることも少しずつ減ってきているのも事実です。

ましてや、今では電車の自動改札からスーパーやコンビニなどの買い物の会計などまで、スマホの中に搭載したタッチ決済などで簡単に支払いが済む時代となり、「なんて便利でいい時代になったんだ！」とも思っています。

こういった機能の具体的な進化や発展が、障がい者にとっては、やさしい社会でもあるのです。

車椅子の人たちにとっても、移動しやすいバリアフリーの社会が少しずつ実現しています。

## 障がいを持つ人こそスピーチをしてほしい！

他にも、社会における機能面だけでなく、マインド面にもケアが必要です。

私も、社会に復帰したばかりの頃は、仲間たちの間でジャンケンをするようなときがあれば、手を出したくない私はやはり傷ついたし、「ボウリングへ行こう！」みたいな提案も自分には無理だったし、飲み会などでよく遭遇する「手相を見てあげる！」みたいなシーンも当然ながら苦痛でした。

若い頃は、そんな場面に出くわすたびに、「自分のことを気遣ってくれていないのかな?」と思いながら、同時に、逆に気遣いをされすぎてしまうのももっと傷ついてしまう、という矛盾を抱えていたものです。

でも、そんな複雑なメンタルの部分だって、もっと一般の人に広く知ってもらうことで、障がい者にやさしい社会になるのではと思うのです。

現在、私は障がいを持つ人々とのつながりはあまりないのですが、先日、障がい者さんたちが集まる会へ参加する機会がありました。

こういった会へ集まる方は、障がいを持っていたとしても前向きでポジティブな人たちが多いのが特徴ですが、やはり、生活する上での苦労だけでなく、仕事に就くことができなかったり、偏見や差別などつらい経験をたくさんしていたりすることなどがわかりました。

またこの私も、改めてお話を聞くことで「なるほど! そんなことに不便さを感じるんですね」と初めて知ることも多かったのです。

実は、私としては、障がいを持つ人こそ、スピーチをしてほしいと思っています。

なぜなら、彼らの実情や悩みなどをもっと多くの人に知ってほしいし、気づいてもらいたいからですが、そのためにも、講演家という職業も選択の1つにしてもらえれば、とも思っているのです。

講演家として学校や企業を回り、生の声を伝えていくことで、これまで一般の人にはわからなかったことも伝えられるはずです。

特に、教育の現場である小学生から高校生くらいまでの若い人たちに積極的に生の声を届けていくことで、やさしい社会とはどんな社会であるかを早い年齢から考えてもらえるのではと思います。

要するに、障がいを持つ人たちと共存していく社会という意識をすべての人に小さい頃から持ってもらいたいのです。

## 障がい者がＳＮＳでオープンに自身を語りはじめた

今、ＳＮＳのYouTubeやTikTokなど動画プラットフォームでは日本だけでなく、世界中の障がいを持つ人たちの多くが自らのチャンネルでよりオープンに自分自身のことをさらけ出して、ライブを行うようになってきました。

こんなことは一昔前なら、考えられなかったことです。

障がいのために見た目に問題を抱えている人も、「ルッキズム（外見や身体的な特徴で人を評価したり、判断したりすること）」などの問題に関して、自分の意見を述べるなど勇気ある人たちもいます。

そして、そんな人たちのことをＳＮＳを通して知ることで、視聴者たちは「こんな人たちがいるんだ！」「こんな悩みがあるんだ」「こんなことを考えているんだ」などと、ようやく関心を持つようになるのです。

今は時代的にも、男女の違いなどもよりジェンダーレスになってきており、セクシュアリティのＬＧＢＴＱの問題なども含めて多様化が進んできているとから、障がい者の人たちの在り方も、特別視されたり、同情的な目で見られるのではなく、多様化社会の１つとして受け止められはじめているような気もします。

しかし、それでも、ユーチューバーなどとして自分のことをオープンして、さらにそれをきちんとビジネスにできているのは、ほんのごく一部の人たちです。

まだまだ、多くの人たちが前に出てくることに躊躇《ちゅうちょ》したり、声を上げる勇気がなかったりしているのです。

だからこそ、周囲もそんな人たちにいつまでも気づかない、というスパイラルもできてしまうのです。

## 〝炎上〟だって社会に問題を提議できる

障がいを持つ人が声を上げはじめると、時には、良くも悪くも話題になって、炎上してしまうこともあるのですが、それでも「こんな人たちが、こんなことを考えているんだ」ということを知るいい機会だとも思うのです。

少し前に、ネット上でこんなことがありました。

車椅子ユーザーのユーチューバーでインフルエンサーのある女性が、駅のエレベーターに乗ろうとその前で待っていても、他の人たちが先に乗ってしまって、いつまでたってもなかなか乗れない様子の動画をＳＮＳで公開したことが話題になりました。

公共交通機関のエレベーターなどは、障がいがある人たちが優先利用対象であるにもかかわらず、その女性は、他の人たちに先を越されてしまうのです。彼女はそんな状況の時には、自分から周囲に声をかけたりもするけれど、それでも無視されてしまうこともあると自身の苦労を語っていたのです。そんな状況に多くの人が共感して同情的なコメントを寄せたのですが、同時に彼女に対する批判や心ない誹謗中傷の声も上がってしまいました。

けれども、その炎上を通して、彼女は数々のメディアからの取材を受けたり、有名なインフルエンサーとの対談をする運びになったりするなど、彼女の露出が増えることになりました。

その結果、このようなことに障がい者が悩んでいることを初めて知ったという人も増えたのです。

つまり、彼女のケースは、たとえいろいろな意見があったとしても、世の中に問題を投げかけられたという意味においては、よかったのではないかと思うのです。

やはり、障がいを持つ人がもっと声を上げられる機会が増えれば、やさしい社会に一歩近づくからです。

そのためにも、健常者の側も「障がいを持つ人をサポートしなくてはいけない」という意識から、「サポートして当たり前」「サポートすることはクールなことなんだよ」みたいな意識になってもらえる日がくればいいと思います。

## やさしい社会のためのアイディアを募集！

やさしい社会を実現するためには、誰もがやさしい社会づくりに参加する必要があります。

「1日に1ついいことをしよう」、という「一日一善」という言葉もありますが、それを全員がモチベーションにできるような仕組みやシステムなども必要だと思うのです。

やはり、そうでないと悲しいかな、家族や周囲に障がい者がいる人、福祉関係者や心やさしい人たちだけしか結局はアクションを起こさない傾向があるからです。

そこで、「すべての人が全員参加できるようなシステムづくりって何かないかな?」と考えた時に、極端な案かもしれませんが、スマホなどに「1日1善アプリ」みたいなものがあって、障がい者の人をサポートしたら、ポイント制になって、何か自分にもいいことが戻ってくる、みたいなwin-winの仕組みなどもあったっていいと思うのです。

当然ですが、障がい者の人を助けたとしても本来なら「ありがとう」とお礼を言っていただくだけで、それ以上は評価されるべきものではありません。

それでも、皆がサポートすることが自然に当たり前になるまでは、アクションを起こした人を評価してあげることだって必要なのかもしれません。

たとえば、献血に行けばジュースやちょっとした食品がもらえたりしますね。そんなふうに、ちょっと自分にも得すること、うれしいことが戻ってくるなら、そして、それがモチベーションになって助け合えるのなら、それはそれでありと思うのです。

やはり、人間は〝飴とムチ〟みたいなところで動くからです。

現実的にやさしい社会を実現するために、「やさしい人ですね！」だけで終わらない仕組みも今後考えていければと思います。

読者の皆さんも、もし、障がいを持つ人と健常者が共同参加できるやさしい社会づくりを叶えるために、何かいいアイディアがあれば、ぜひ、私の方に送ってきてください！

やさしい社会づくりを一緒に行っていきましょう！

# 終わりに

最後まで本書をお読みいただき、本当にありがとうございました。

「はじめに」でお伝えしたタイムマシーンのお話ですが、最後にもう一度、ここでも触れさせてください。

実は、このタイムマシーンのお話は、過去にある小学校に講演に行った際に、ある生徒さんが私に質問をしてきたところからはじまったのです。

「古市さん、もしもタイムマシーンがあったら、事故の前に戻ってやり直したいですか？」

この鋭い質問に、私はすぐに返す言葉が出てきませんでした。

あれほど事故を後悔し、時間を戻せるものなら戻したいと思っていた私なので、本来なら答えは簡単なはずでした。

しかし、講演をするようになってから2年ほどたった当時の私には、その2年間で出会った多くの人たちの顔が頭をよぎったのです。

私の講演を聞いて、うれしい感想をくださった人たちに加え、再出発した私に笑顔を向けてくださった多くの人たち。

そんな人々からの「古市さんは、そのままで大丈夫だよ！」「そのままでも素敵だよ！」という激励の言葉は、ありのままの私を認めてくれるものだったのです。

うれしいことにそんな仲間たちが、すでにその当時全国にたくさんいたのです。

つまり、タイムマシーンに乗るということは、この出会いや思い出もすべて捨ててやり直すということなのだと気づいた時、「それはいやだ！」と私の心が叫びました。

だから、その場にいた子どもたちにこう答えたのです。

「僕は今、本当に幸せです。今の自分が大好きです。だから、タイムマシーンがあっても戻りません！」

それは、「事故を起こさなければ、幸せな人生を送れていたはずなのに」、と過去を引きずって生きてきた私がやけどをした後の自分を受け入れた瞬間でした。

そこから、私の人生は大きく変わったのです！


自分でも、こんな日が来るとは想像もしていませんでした。

その時から4月2日は私にとって特別な日となり、幸せのきっかけになった第2のバースデーと定め、毎年仲間たちを集めてお祝いをするようになりました。

それは、「事故を起こしてよかった、皆と出会えた！」と私が言うと、「事故を起こしてくれてありがとう！」と言ってもらうような、ちょっと変わった会です（笑）。

その後、4月2日にはもう1つ記念日が増えました。

それは、私の結婚記念日です。天使のような妻の聡美は、私のありのままをすべて受け入れてくれました。

私も彼女と一緒なら、思いやりのあるやさしい未来をつくっていけると確信し結婚をしたのです。

4月2日の結婚披露宴では、新郎新婦入場の際にはオリジナルソングの『タイムマシーン～あの日に戻れるとしても～』を歌いながら入場しました。

でも、扉が開き、250人の参加者の顔を見た時に涙があふれてしまい、上手く歌うことができませんでした。

会場にいた、両親を含む家族や私の人生を彩ってくれた仲間や素敵な人々の姿は涙で霞んでしまいました。

事故から34年後の4月2日、この未来は誰も想像することができませんでした。

でも、世界一幸せと言い切れる自分がそこにはいたのです。

だから、タイムマシーンで事故の前の自分に会えるとしたら、私は笑顔で、「お前は大丈夫、そのまま進め！」「何があっても、必ず幸せになれるからな！　待っているよ！」と声をかけるでしょう。


人生には、いろいろなことが起こります。

しかし、どんな壁も乗り越えられると信じています。

私は、これからも安心して生きられる社会を創造していくために邁進《まいしん》していきます。


最後に、この本が出版されるまでには多くの方とのご縁がありました。

ヴォイスの大森社長とのきっかけをくださった大山峻護さんと桜華純子さんには、本当に感謝しかありません。ぜひ読者の皆さんには、このお二人に会っていただきたいです。

また、編集の西元さんのスペシャルな編集と制作スタッフの皆さんには本当に助けられて出版することができました。

この本を通して読者の皆さまと出会えたことに感謝いたします。日本全国を回って講演やライブをしていますので、ぜひ会いに来てくださるとうれしいです。

心より感謝いたします。

ありがとうございました！

古市佳央

「タイムマシーン」の歌はこちらから

## 著者紹介

### 古市 佳央

ふるいち　よしお

歌う講演家。1971年生まれ。16歳の時に遭遇したバイク事故により、全身の41パーセントにやけどを負い、顔や手に大きな損傷を残す。しかし、絶望から這い上がり、2000年から講演活動を開始し日本全国で講演活動や歌のライブを行う。「全国・講師オーディション 2013」でグランプリを受賞し日本一の講師となる。2024年現在、これまでに行った講演回数は1450回を超え、計12万人を超える聴衆に勇気と感動を与え続けてきた。女性のスピーチコンテスト「キラキラ女性講演会」、男性のスピーチコンテスト「サムライ講演会」を主催。『テレビ寺子屋』(フジテレビ系列) に2回出演。著書に『這い上がり ある顔の喪失と再生の半生記』(ワニブックス)、『君の力になりたい』(北水) など。

LINE 公式

古市佳央オンラインサロン
幸せスクール

# 世界一不幸な男が、世界一幸せな男になるまでの物語

つながろう、ワンファミリー！　みんながひとつになる世界へ

2024 年 6 月 25 日　第 1 版　第 1 刷発行

著　者　古市佳央

編　集　西元 啓子
校　閲　野崎 清春
デザイン　染谷 千秋（8th Wonder）
発行者　大森 浩司
発行所　株式会社 ヴォイス　出版事業部
〒106-0031 東京都港区西麻布 3-24-17 広瀬ビル
☎ 03-5474-5777（代表）
FAX 03-5411-1939
www.voice-inc.co.jp

印刷・製本　映文社印刷 株式会社


ISBN 978-4-89976-567-7

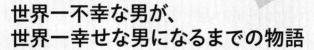